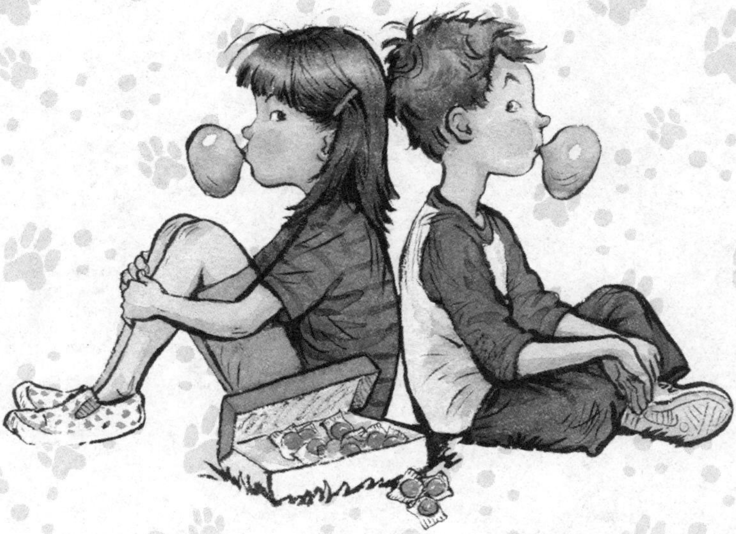

自行车
Henry and Beezus 之梦

【美】贝芙莉·克莱瑞 著
崔波 译

晨光出版社

图书在版编目（CIP）数据

自行车之梦 /（美）贝芙莉·克莱瑞著；崔波译. -- 昆明：晨光出版社，2024.1
（国际文学大师书系）
ISBN 978-7-5715-2095-3

Ⅰ.①自… Ⅱ.①贝… ②崔… Ⅲ.①儿童小说-中篇小说-美国-现代 Ⅳ.①I712.84

中国国家版本馆CIP数据核字(2023)第202817号

HENRY AND BEEZUS by Beverly Cleary
Copyright © 1952, renewed 1980 by Beverly Cleary
Simplified Chinese translation copyright © 2024
by Aurora Publishing House
Published by arrangement with HarperCollins Children's Books, a division of HarperCollins Publishers through Bardon-Chinese Media Agency
ALL RIGHTS RESERVED

著作权合同登记号：图字：23-2019-106号

自行车之梦
ZIXINGCHE ZHI MENG

【美】贝芙莉·克莱瑞 著
崔 波 译

出版人	杨旭恒			
策 划	黄楠 萌莹	排 版	云南安书文化传播有限公司
责任编辑	徐光辉	印 装	昆明业成印务有限公司
装帧设计	唐 剑	经 销	各地新华书店
责任校对	杨小彤	版 次	2024年1月第1版
责任印制	廖颖坤	印 次	2024年1月第1次印刷
出版发行	晨光出版社	书 号	ISBN 978-7-5715-2095-3
地 址	昆明市环城西路609号新闻出版大楼	开 本	145mm×210mm 32开
邮 编	650034	印 张	6
电 话	0871-64186745（发行部）	字 数	80千
	0871-64186270（发行部）	定 价	29.00元

晨光图书专营店．http://cgts.tmall.com

序言

在和我的小读者们一样大的时候，我读书总是跳过序言，因为等不及要进入故事，好读个痛快。读完以后，如果喜欢那个故事，我就会回过头去，读一读在开始就该读的序言部分。如果我不喜欢那个故事，它的序言也自然弃之不读了，因为不管作者要在里面说什么，我都不感兴趣了。而现在的我，却在给这本书写序言。这本书是我第一次正儿八经尝试创作的产物，那些在学校里写的作文自然不算在内。小读者们若不想读，就跳过去吧。不过，若现在不读，我还是希望你们在看完故事之后，能回头来看看这个序言。

关于这本书，我能告诉你们什么呢？首先，回想写这本书的时候，我自己都没想到能把它写完。虽然我很小的时候就梦想能写些东西，但苦于想法混沌不清，自然不知该从何写起。我想过写一个小姑娘的故事，毕竟我自己也曾经是个小姑娘，作家不就是应该写自己了解的事情嘛。

时光荏苒，一晃我就三十出头了。少时的写作梦已经做了很长时间，动笔的那一天终于到了。我曾于繁忙的冬季在书店工作，我的任务就是推销一本和小狗有关的故事书。那只小狗会说话："汪汪，我喜欢绿草。"我想，哪有小狗会这么说话，反正我自己从没见过。我知道我有能力写一本更精彩的故事书。

我坐在一张旧餐桌前，餐桌放在一个空空荡荡的房间里。这个房间原本是一个卧室。我一直坐着，坐着，想构思一个小姑娘的故事，却又想不出只言片语。我看着鸟儿在桉树上叽叽喳喳地歌唱，我把猫从笼子里放出来，又把它关进去。我胡乱地写了几行和一个小姑娘有关的句子，简直痛苦极了。后来我想明白了，连自己都读不下去的故事，别人又怎么会爱读呢？似乎在整个孩提时代，我要么在读图书馆里借来的书，要么就在织擦拭杯盘用的抹布。我是不是已经忘了该如何写故事了？未必！我坐着想啊想，突然想到了一群来给我帮忙的小男孩。那个时候我还是一个儿童图书馆的管理员，图书馆在华盛顿州的亚基马县。这些不爱读书的小男孩活泼好动，他们是附近圣约瑟夫学校的老师派来帮忙的，任务是找一些他们喜欢的书。他们两两一组排着队，镇定地齐步走进图书馆,一直走到通向地下儿童阅览室的楼梯口,随即队形大乱,跳叫嬉闹起来。我的任务就是找些他们可能爱看的书,而他们则要回去读这些书,第二个星期回来向我汇报读书心得。

事后证明,这件事比我想象的困难得多。图书馆书架上的书,他们爱读的极少。终于,其中一个孩子憋不住了,他问道:"我们小朋友爱看的书在哪儿呢?"其他孩子听了之后也频频点头表示认同。是啊,孩子们爱读的书到底在哪儿呢?事实是,一本都没有。我使出浑身解数,找到了几本和狗有关的故事书。如果故事里的狗没在最后死掉的话,他们才会觉得这故事还凑合。对了,我还找到几本和熊有关的书。

认识这帮男孩十年之后,我坐下来开始打字。那时我创作欲正盛,梦想着有一天能当个作家。我脑袋里琢磨着那帮男孩,还加上所有我认识的男孩,他们来自普通家庭，通常住在老旧的街区，屋前有草坪，还有两旁种满树木的街道。这些男孩没有经历过惊心动魄的冒险，但并不妨碍他们寻找属于自己的乐趣。

灵感来了。我不去构思什么女孩的故事了，就写一个男孩的故事吧。这个男孩的名字就叫亨利·哈金斯，一个萦绕在我脑海里很久的名字。亨利会有一只狗，那种在城里随处可见的土狗。这是因为，我们读过的故事里的狗，一般都是那种在乡间生活的名贵狗。我的创作灵感源自一个真实的故事。一位处于两难境地的母亲向我描述了一个让她颇感苦恼的事情，她的两个孩子想要坐有轨电车时把一只流浪狗带回家。我随后就体会到了根据自己的喜好对真实故事进行改编的乐趣，两个孩子变成一个孩子，有轨电车变成公共汽车……我还发现，我不知道如何"写"故事，但我知道如何"讲"故事。我想象着我在给以前亚基马县的小听众们讲故事,边讲边写下来。我认为,要为小读者们创作,归根到底就是把一个精彩的故事给讲出来。

怀着愉快的心情,我把写好的一个小故事寄给了一位出版商。据说这位出版商非常喜欢简单易读的东西。书稿虽已寄出,但我发现亨利仍然在我脑海里挥之不去。我的大脑就像一个装满了各种想法的垃圾袋。这些想法是从一堆各式各样的想法里挑出来的,有的是自己的回忆,有的是从他人那里听说的趣事,有的是报纸文章里的故事,还有的是无意间听到的一段对话,总之是我周围世界里发生的事情。如此种种,一切的一切,全都在拨动我想象的琴弦。

寄出的书稿很快就寄回来了。让我没想到的是,一同寄回的还有一封信。那封信鼓励我继续往下写,把故事寄给杂志社,最后把它们组织成一个篇幅完整的小说。说得对啊！看来我比自己想得更出色啊，可我对杂志并无兴趣。因此我静下心来，以一周写一章的速度，一连写了五个关于亨利的故事。这一次我是用纯手写的方式完成的，因为我不喜欢用打字的方式，这个习惯到现在依然如故。写着写着我竟然把一个男孩的故事写完了，除了最后一章还有不满意之处，故事情节都已完成。对此我自己也颇感意外。接下来我加班加点，敲出文稿，并把书稿邮寄给了少儿出版社，因为在书店工作的人都知道，编辑伊丽莎白·汉密尔顿在业界颇具声望，她以眼光独到著称。

　　这一次我非常急切地盼望着回信，连邮递员都好奇地问我，到底在等什么。每次询问邮递员，他都摇头表示没有我的信。直到六个星期之后，他终于绕过我的邮箱，手里挥舞着一个信封直奔我的家门而来。有我的信！我的稿件没有被退回，是编辑给我写的回信。

  伊丽莎白·汉密尔顿在信里说他们对我的书稿很感兴趣，问我能否考虑对最后一章做些修改。我当然愿意喽。事后证明，所做的修改也很微不足道。即便是最后一章，在听取了伊丽莎白专业的建议之后，所有问题也都很快解决了。待我将书稿寄回之后，伊丽莎白回信告诉我，书稿已被接受，并说亨利的故事将会成为那个秋季最令人期待的图书。以此信为起点，我的很多书稿后来都顺利出版了，我也成为——用小读者们在那之后五十年里最常用的词来说——一个真正长盛不衰的作家。

贝芙莉·克莱瑞

目录

第一章　小排骨与烤肉　001

第二章　亨利有钱了　031

第三章　训练小排骨　065

第四章　"停好了"狗　093

第五章　比苏斯出价了　115

第六章　二手自行车　133

第七章　吃狗粮的男孩　152

第一章
小排骨与烤肉

亨利家住在克利基塔特街,是一栋白色的方方正正的房子。亨利站在窗前,心想:星期天的下午怎么那么难熬,比周一到周六任何一天都长。妈妈在看杂志,爸爸一边吞云吐雾,一边看《星期日周报》上的漫画故事。

亨利的狗,名叫小排骨,在客厅中间的地毯上打瞌睡。亨利看了看它,小排骨突然坐起来,左后腿狠狠挠了挠左耳,又趴了下去,眼睛都懒得

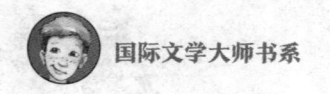

睁开。

亨利的鼻子贴着窗户,看着外面的克利基塔特街。他看见斯库特正在人行道上骑自行车,一会儿蹿上,一会儿蹿下。

"我真想有辆自行车啊。"亨利对爸爸妈妈说这话的时候,还不忘盯着斯库特。

"我也希望能给你买一辆,"妈妈说,"可是价格和税费还在不停地涨,今年恐怕是不行了。"

"等明年降价了再说吧。"哈金斯先生说着放下漫画故事,又看起了体育新闻。

亨利叹了口气,他迫切地希望现在就能拥有一辆自行车。他幻想着自己骑着一辆崭新的红色自行车,在克利基塔特街上飞驰。他头上戴着丹尼尔·布恩牌的帽子,这帽子可是用真皮做的,后面还有一条浣熊尾巴,用扣子固定在帽子上。亨利才不会把尾巴连在帽子上呢,他要把它取下来,绑在车把上,这样骑着车呼啸而过的时候,尾巴就会随风飘呀飘的。

"亨利,"妈妈突然打断了他的幻想,"请不要把鼻子蹭到我刚擦过的玻璃上。"

"好的,妈妈。"亨利说,"待在家里太无聊了。"

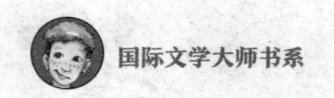

"你为什么不去找罗伯特呢?也许他有好主意。"妈妈边说边把手里的杂志翻到了下一页。

"好吧。"亨利接受了妈妈的建议。他们虽不能给小白鼠"坐"罗伯特的电动火车(罗伯特的妈妈不同意),不过,也许能做些别的事。亨利想到这里,就对着他的狗说:"走吧,小排骨。"

小排骨站起来,抖了抖身子,地毯上到处都是掉落的狗毛。

"真拿它没办法。"哈金斯太太叹了口气。

听到妈妈的话,亨利觉得他最好快点儿离开。他和小排骨刚走下台阶,就看见罗伯特从街角处走了过来。

"你好,伙计。"罗伯特打了个招呼。

"嗨,罗伯特。"亨利应了一声。

"我妈让我来找你,说也许你有好点子可以开心地玩。"罗伯特说。

说着,两个男孩在台阶上坐下来。这时,他们俩看见斯库特骑着自行车,身子一起一落,沿着街道朝他们骑了过来。斯库特比他们大一些,边骑边吹着口哨,手竟然没扶着车把,而是揣在兜里。

"你们好啊。"斯库特漫不经心地打了个招呼,并没有停下来。

"真爱炫耀!"罗伯特咕哝了一句,"这家伙肯定天天抱着那辆自行车睡呢。"

"他觉得自己可聪明了,"亨利附和道,"他骑着自行车在这里来来回回,快一个下午了。走吧,我们去后院逛逛,在那儿就不用看斯库特整天炫耀了,也许还有好玩的呢。"

小排骨紧跟在他们身后。到了后院一看,他们觉得还没前院有意思呢,只是隔壁格鲁比家还有些动静:一只大黄猫正趴在他家后院的台阶上睡觉,烧烤炉那儿正在冒着烟。

罗伯特若有所思地说:"小排骨有没有追过猫?"

"那只猫叫毛毛,小排骨从来不追它。"亨利知道罗伯特在想什么,便跟罗伯特解释说,"格

鲁比太太在挨着她家那头的灌木丛里撒了些东西，这种东西叫'狗狗走开'。小排骨很讨厌它的味道，每次过来都很小心，从来不会穿过灌木丛到她家去。"

罗伯特很失望："我还以为小排骨会……"

"别想啦。"亨利打断他的话。说完，他抬头一看，小排骨已经趴在自家后院的台阶旁睡着了。亨利弯腰拔了根草，叼在嘴里。这时，格鲁比家的纱门嘎吱嘎吱地打开了。听到声音，亨利立马抬头一看，"哇！"他禁不住叫了一声。

赫克托·格鲁比先生蹑手蹑脚地跨过毛毛，走下后院台阶。他头上戴着白色的厨师帽，身上系着宽大的围裙。帽子上写着：做饭是门学问；围裙上印着"农场烧烤酱"的食谱。他一手端着托盘，里面装满了碗碟和瓶瓶罐罐，一手拎着一捆什么东西，看起来像是干草。

"他真的要做饭吗？"罗伯特小声问道。

"不知道，去看看。"亨利回答道。他们俩慢

慢走近两个院子中间的灌木丛。

"你好，格鲁比先生。"亨利说。

"你好啊，亨利。"格鲁比先生边说边穿过草坪，走到院子角落里的烧烤炉边，把托盘放到了烤架上。他把一个小小的东西剥了皮，放到碗里，撒上盐，用木棍开始来回搅拌，又掰了几片"干草叶"放进去，继续搅拌起来。

亨利和罗伯特互相看了看，一脸疑惑。

"要帮忙吗，格鲁比先生？"亨利问道。

"不用了，谢谢。"格鲁比先生在拌好的东西里滴了几滴液体，不知道是什么。

"那东西好吃吗？"罗伯特问道。

格鲁比先生没有回答。

"那碗里装的是什么？"亨利问道。

"香料和大蒜。"格鲁比先生回答道，"去玩吧，孩子们，别打扰我。"

亨利和罗伯特仿佛没听到似的。

"埃塔！"格鲁比先生对他的妻子喊道，"我

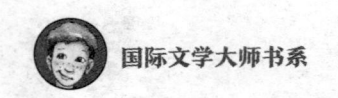

忘拿醋了。咳咳……"这时,烤炉里冒出来的烟呛得他咳嗽了起来。

"我去帮您拿吧。"亨利想主动帮忙,可格鲁比先生没理他。

纱门又嘎吱嘎吱地响了。格鲁比太太手里拿着一个瓶子,跨过毛毛,穿过院子走了过来。"赫克托,我们能不能请你的朋友们到外面的餐馆吃饭?就省得麻烦了。"她边说边用手在眼前挥了挥,生怕被烟呛到。

"这一点儿也不麻烦。"格鲁比先生往碗中的混合物里加了几滴醋。

她接着说:"赫克托,你为什么不让我在屋里烤肉?那不更简单吗?做好了也可以到院子里来吃呀。"

亨利看着格鲁比先生,觉得他在听到这番话之后显得很不高兴。

"别说了,埃塔,我心里有数。"格鲁比先生又朝碗里滴了几滴别的什么东西,然后又拌了拌。

"可我不想让你用这些作料毁了那么好一块肉啊!你如果真会做饭的话,我也就不管了。"格鲁比太太皱着眉头使劲挥挥手,想把围着酱料飞来飞去的虫子赶开。

格鲁比先生听后更不高兴了,他皱着眉头说:"看得懂食谱就会做饭。"

格鲁比太太的脸一红,啪的一声拍死了一只虫子,接着没好气地说:"哦,是吗?你忘了吗?上次你把郁金香球茎当成洋葱,还切开放到汉堡里。"

"这次不一样。"格鲁比先生更没好气地回答道。

格鲁比太太使劲用她的围裙扇了扇烟,生气地说:"你的朋友们在吃这些东西的时候,可不要说是我的主意。食谱虽然好,可你这么做,肉的外面会被烧焦,里面还是生的。而烟会熏得我们睁不开眼睛,况且,外面有太多的虫子……"

格鲁比先生打断她,说道:"埃塔,我不想

国际文学大师书系

再争了。我既然邀请朋友过来吃烤肉，那我们就吃烤肉。"

听到这，亨利和罗伯特都很失望。他们盼着两个人接着吵下去呢。

这时候，格鲁比先生低头看了看印在围裙上的食谱，他是从上往下看，所以字是颠倒的，他指着肚子问道："这里印的是什么？"

亨利和罗伯特忍不住偷笑起来。

"快走，你们俩，别打扰我们。我们忙着呢。"格鲁比太太说。

"走吧，罗伯特。"亨利转身离开灌木丛。亨利觉得格鲁比太太不喜欢他和小排骨，所以，亨利更不敢惹正在气头上的格鲁比太太。虽然小排骨会时不时地把骨头埋在她家的紫罗兰花坛里，但亨利还是不明白她为什么那么不待见自己。

亨利试着玩倒立，想告诉格鲁比太太，他没有偷看他们在做什么。这个时候，他听到有人从他家车道走过来，是他的朋友比苏斯，还有她的妹妹雷

梦拉。她们家也在克利基塔特街。比苏斯的真名叫贝亚特丽斯。雷梦拉喊她比苏斯,所以大家也都这么叫了。此时的比苏斯手里拿着指挥棒,雷梦拉骑着辆崭新的三轮脚踏车。

"吁!"雷梦拉朝她的脚踏车喊道。她从车上下来,用一根跳绳把车拴在了一棵灌木上。

"你们好!"比苏斯说,"看看我的指挥棒。"

两个男孩端详着这根金属棒:它大概有一米长,两端各有一个橡胶头。

"这东西怎么玩儿?"亨利问。

"用手转。"比苏斯说。

"我不信。"罗伯特嘲笑道。

"你别不信。"比苏斯说,"我每个星期天都去上课,到六月,我就会很熟练了,到时候,我会在儿童玫瑰节的队伍里表演。总有一天,我会成为乐队指挥的。"

"离六月只有几个月了,"亨利说,他在心

里盘算着自己能做些什么，"你转一个给我们看看吧。"

比苏斯把指挥棒举过头顶，开始用右手旋转，一不小心，指挥棒掉下来，正好砸到她的脑袋上。

"咚！"两个男孩同时喊道。

"你们闭嘴。"比苏斯生气地说。

"我来试试。"亨利说。

"不行！"比苏斯愤怒地拒绝了。

"算了，反正我也不想玩儿。"亨利一边朝院子另外一头走去一边说，"走吧，罗伯特，我们去爬樱桃树。"

"你可真行，亨利·哈金斯！"比苏斯朝着正在爬树的亨利喊道，"我要回家了。雷梦拉，去把你的'马'解开，咱们走。"

但是雷梦拉看到了小排骨，伸手拍了拍它的脑袋。小排骨在睡梦中哼了一声，随后坐起来挠痒痒。突然，它睁大眼睛，伸着鼻子闻了闻。

"汪！"小排骨叫了一声。

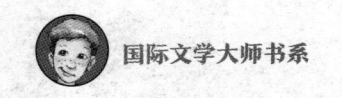

亨利一听到这叫声就知道,小排骨肯定是发现让它兴奋的东西了。他透过树枝往下看去,院子里一切如常。他看到小排骨站起来,抖了抖身上的毛,然后径直朝格鲁比家的后院走去。雷梦拉也跟着跑了过去。

亨利转头朝灌木丛看去,不禁倒吸了一口凉气:格鲁比家后院的烤炉旁放着一个大盘子,里面装着一大块生肉;格鲁比家的人都不在院子里。

"过来,小排骨!快过来,乖狗狗!"看到小排骨并没有停下来,亨利疯狂地叫道,"快抓住它,比苏斯!"

雷梦拉想跟着小排骨穿过灌木丛,但是被树枝挂住了,急得她大声尖叫起来。

"别动。"比苏斯说,"你动来动去的,我怎么把你拉出来?树枝上的刺钩住了你。"她想把妹妹拽出来,但没拽动。

"快下去吧。"亨利抱着树干滑了下去。"一定是雨把'狗狗走开'冲走了。"

自行车之梦

"快走吧。"罗伯特开心地同意道。毕竟小排骨不是他的狗。

亨利从树上滑到地上,立马跑进灌木丛,可荆棘挂住了他的牛仔裤,动弹不得。"过来,小排骨。"他喊道,"快回来,乖狗狗!"

小排骨没理会亨利,向那块肉猛扑过去。

亨利猛地一拽,荆棘深深地扎进了他腿里。

小排骨张开嘴,狠狠一咬,把肉从盘子里拖了出来。

此时,格鲁比先生抱着一大捆柴火走了出来。"快让那只狗停下来!"他喊道。手里的柴火也掉了,正砸在他脚上。"哎哟!"他惨叫了一声,然后朝小排骨的方向奔过去,一脚踩到了毛毛的尾巴上。

猫咪尖利的嚎叫声把格鲁比太太也引了出来。她来到门廊轻柔地对猫咪说:"我可怜的小乖乖,是不是他踩到你的尾巴了?"

小排骨顿了顿,然后死死咬着那块肉跑开了。

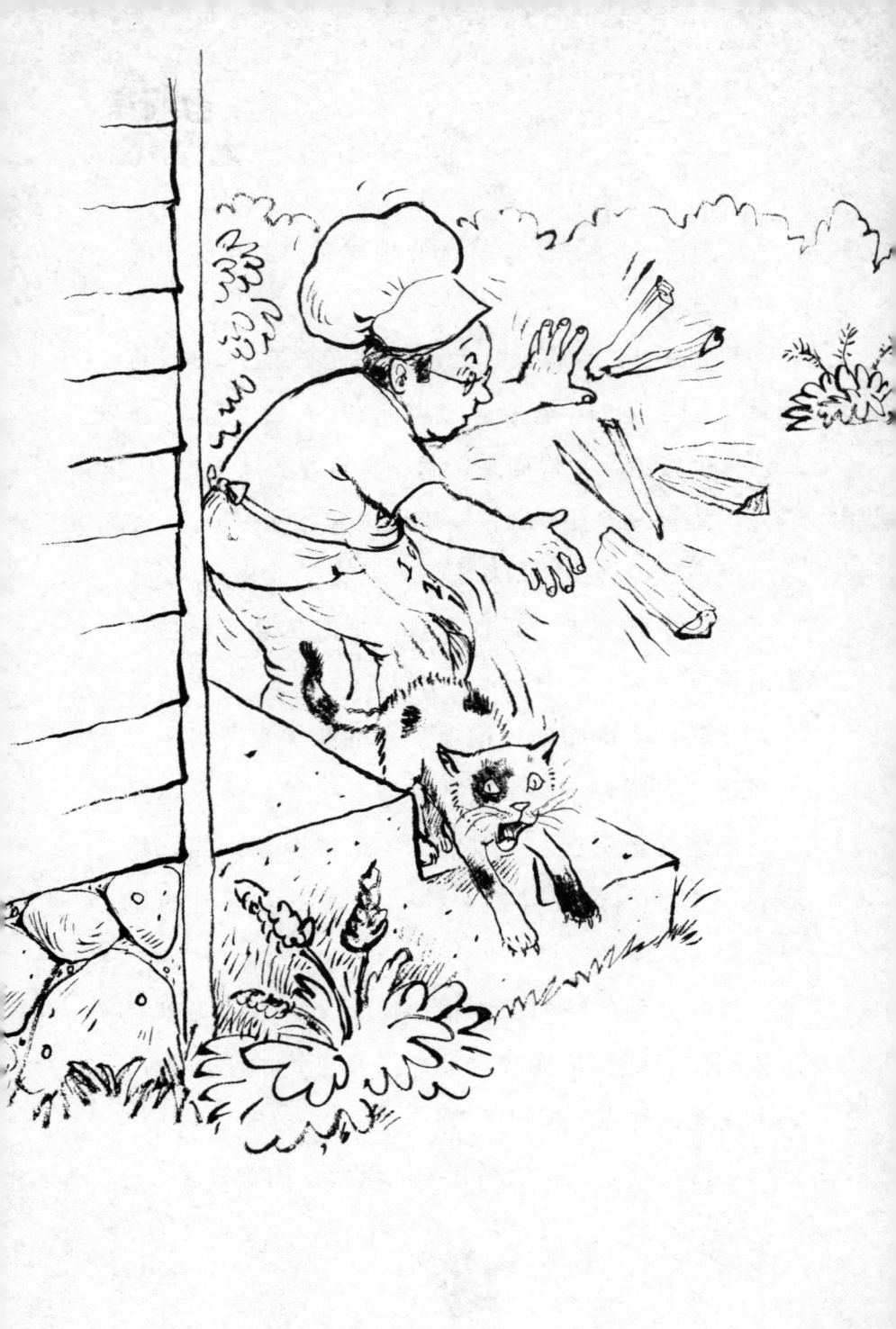

"那只笨猫只会睡觉,一点儿也不机灵……"格鲁比先生厉声说道,"嘿,快让那只狗回来!"

"哦,我的天啊!"格鲁比太太看到发生的一切,禁不住惊呼

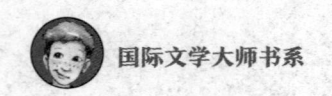

道,"快回来,你这只讨厌的狗,快给我回来!"

听到这动静,小排骨跑得更快了。它一点儿也不喜欢格鲁比太太。

小排骨知道,她在灌木丛边撒了"狗狗走开",就是为了不让它靠近。

亨利猛地一拉,裤子嘶啦一声被扯破了,不过他终于从灌木丛里脱了身。

"快拦住它。"罗伯特喊道。他自己也被灌木丛困住了,正在努力挣脱呢。

亨利猛地一扑,扑空了,小排骨还是跑开了。亨利从地上爬起来,沿着格鲁比家的车道向前追去。

亨利绕着格鲁比家的房子跑了一圈,又跑到克利基塔特街上。他能听到罗伯特和格鲁比先生的脚步声,他们沿着路边的人行道,在后面紧追不舍。

"小排骨!"亨利拼命地喊。

"快回来。"罗伯特也跟着叫。

"快拦住小偷!"格鲁比先生边吼边用一只手

紧紧地抓着头上的厨师高帽，生怕掉了。

沿街的门和窗都打开了。有人对着格鲁比先生喊："做什么好吃的了，格鲁比？"

亨利听到妈妈说："糟了糟了，那只狗又闯祸了！"

"亨利！"爸爸也在喊。

街对面有个人冲格鲁比先生大叫："加油，格鲁比，快抓住他们！"

格鲁比先生跑不动了，他停下来，大口大口地喘气，嘴里还不忘说："快来人，拦住它！"

小排骨跑到车道上。这时，一辆车拐弯开了过来。

"小排骨！"亨利几乎是在哀号了，眼睛都不敢看了。

"小心啊！"罗伯特也大声地喊。

司机猛地一刹车，汽车发出了刺耳的刺啦声。逃过一劫的小排骨又跑回到人行道上。

亨利还在后面紧追猛赶，恨不得飞过去把小排骨扑倒。可无论怎么跑，他都追不上小排骨。他回头一瞥，看到格鲁比先生满脸通红，头上的帽子早已不见了踪影。

"快……回……来！"格鲁比先生已经上气不接下气了。这么跑，他实在是受不了，他越跑越慢，步子越跑越沉重，最后不得不停下来。

亨利还在追，罗伯特紧随其后。他们的朋友玛丽刚好走出家门，沿着人行道朝他们走来。要是她能拦住小排骨就好了，亨利心想。

"快抓住它！"亨利朝她喊道。

小排骨跑到离玛丽还有几米远的地方时，嘴里的肉突然掉了下来，这是抓住它最好的机会。"快去拿肉！"亨利用尽最后一丝力气大喊。

可玛丽呆呆地看着小排骨。

"快把肉捡起来，你个呆子！"罗伯特大叫道。

玛丽还是一动不动，小排骨也没有动。这时，亨利赶来，仿佛一伸手就可以抓到它。小排骨飞快

地衔起肉块准备跑。

"玛丽，"亨利上气不接下气地说，"快拦住它！"

玛丽向一旁跨了一步，小排骨就这么跑开了。亨利一步也跑不动了，他看着玛丽，没好气地说："你为什么不把肉捡起来？"说完便大口大口地喘着粗气。

"你本来可以抓住它的。"罗伯特也用责备的语气对玛丽说道。

"我可不想碰你的狗，它太脏了，"玛丽说，"你没看见我穿着周日校服吗？"

"玛丽，我真是服了你了。"亨利瞪了她一眼。

"你懂什么！"玛丽说完转了一圈，想炫耀一下自己的漂亮裙子。

罗伯特和亨利面面相觑，心里都在想：真受不了这些女孩儿！

罗伯特突然抓住亨利的胳膊，指着小排骨跑去

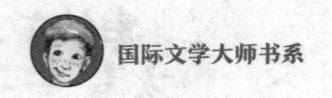

的方向说:"快看!"

一只警犬、一只猎狐梗,还有一只好像是柯利牧羊犬,正沿着克利基塔特街朝小排骨跑去。一场狗与狗之间的争斗看来是无法避免了,烤肉会被撕成碎片,小排骨也会被两只大狗生吞活剥,那只猎狐梗也会被咬死。亨利认识猎狐梗的主人,是位女士。她绝不想让自己的爱犬卷入这样的打斗,如果大狗咬了小狗,这位女士可能会责备亨利。亨利突然觉得自己太累了,已经无力阻止这一切了。这时,这群狗从他身边跑过,亨利捡起地上的土块就向它们扔过去,嘴里嘟囔了一声:"快散开。"亨利知道,再怎么大喊大叫都没用。

"哇,狗狗要打架了!"罗伯特兴奋不已,"这下有好看的了。"

"你闭嘴!"亨利对罗伯特说。如果小排骨是罗伯特的狗,他就不会这么说了。那只柯利牧羊犬向小排骨猛扑过去,警犬也紧随其后。可怜的小排骨啊!亨利简直不敢看了,他不忍心眼睁睁看着自

己的狗被撕成碎片啊。

"各位，让一让！"这是斯库特的声音。只见他骑着自行车压低身子，趴在车把上，两只脚拼命蹬着脚踏板，向那群狗猛冲过去。他骑车超过亨利和罗伯特时猛地一拐，绕过了狗群，追上了最前面的小排骨。快到路沿儿的时候，他并没有停，而是来了个"兔跳"直接骑了上去。没等小排骨反应过来，斯库特一俯身就到了它的正上方，顺势去捉它。

小排骨见状扔下肉跑开了。斯库特趁机把肉捡起来，直起身，双脚使劲儿一蹬，一只手把那块肉举过头顶，一只手扶着车把向格鲁比家骑去。狗狗们在后面一路猛追，一边吼叫，一边跳，想把肉抢回来。

斯库特成功地甩掉了它们，满脸自豪地骑回了克利基塔特街。在经过亨利和罗伯特的时候，他故作轻松地跟他俩打了声招呼："嗨！"

"喂，把肉给我！"亨利用命令的语气说道。

斯库特装作没听见。

"瞧他那样！"罗伯特说，"自以为了不起。"

亨利跟着斯库特想追上他，谁知斯库特骑得更快了。亨利加快速度想追上斯库特，后面狗狗们也都一窝蜂地追了上去，可斯库特越骑越快。亨利听见邻居们的笑声停了下来，望着斯库特渐行渐远。

斯库特一直骑到格鲁比家，把肉还给了格鲁比先生。

格鲁比先生接过肉，对斯库特说："谢谢你，斯库特，还是你的反应快。"

"没什么。"斯库特故作谦虚地说，"我骑着自行车，追上它们并不难。"

其他狗狗见状，都没了兴趣，跑开了。只有小排骨还在哼哼，跳起来想去够那块肉，最后，它也放弃了，蹲在地上，耷拉着粉红的舌头，直喘粗气。

亨利心想：可怜的小排骨，它太想吃那块肉了，也许是吃马肉吃腻了。我不该对它发火，应该对它好一点儿的。

"你的狗真够蠢的。"斯库特对赶来的亨利说，"幸亏我及时赶到救了它，不然它就被那些狗咬死了。"

"太阳打西边出来了，斯库特，"比苏斯说，"小排骨可真得谢谢你了。"

"你怎么还不走?回家去吧。"亨利对斯库特说。

"好了,孩子们。"哈金斯太太说。她接着对格鲁比太太说:"太对不起了,我们买块肉赔给您吧。亨利有自己的零花钱,我想他很愿意用自己的零花钱赔偿你们的。是他不对,不应该让狗靠近你们的院子,他很清楚这一点的。"

"哇,我妈妈说烤肉很贵的。"斯库特说。

"你闭嘴。"亨利对斯库特吼道。他心里想:为什么一碰到麻烦,总会遇到斯库特,真是阴魂不散。"实在太对不起了,格鲁比太太!"亨利说,"我不知道小排骨是着了什么魔,也许它只是饿了。"

"对,它总是吃不饱。"哈金斯先生也帮着亨利说。

肉市星期天不开门,不过亨利知道超市的熟食柜台开着。"熟食柜台有香肠卖,"亨利说道,"如果你们愿意的话,我可以去超市买一些回来,我跑着去,很快就回来。"

"我骑自行车去会更快。"斯库特说。

格鲁比太太笑着说:"谢谢你,亨利,不用了。我想我们会出去吃饭。"她看了看拿着肉准备回家的格鲁比先生,又小声对亨利说:"这是你和我之间的秘密:烤肉的酱汁是格鲁比先生做的,我觉得还是不要吃为好。"说完,她对丈夫喊道:"赫克托,你准备怎么处理那块肉?"

"就给小排骨吃吧,"格鲁比先生不情愿地说,"虽然这不是它应得的。"说完他就把肉扔给了小排骨。

格鲁比太太走到家门口时停住了脚步,对亨利说:"亨利,我明天要烤曲奇。你放学路过的时候,来我家拿些回去吃吧。"

"太谢谢您了。"亨利回答道。亨利心想:小排骨偷了她家的肉,她好像还挺高兴,至少已经不那么生气了。

"小排骨,你现在还不能吃这块肉。"亨利想

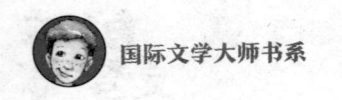

把肉从小排骨嘴里拽出来，可它死死咬着，嘴里还发出不满的吼叫。"快来啊，爸爸，帮我一把。"

哈金斯先生抓住肉，他们一起把肉从小排骨嘴里拽了出来。"我要把肉放在冰箱里，过后再给它吃，"哈金斯先生说，"亨利，一会儿我们谈一谈。"

"啊？爸爸！我没做错什么啊。"亨利抗议道。

"你之前不是说想找些乐子吗？"哈金斯先生说完，就拿着肉进了家门。

亨利没有接话，叹了口气，坐在台阶上，心里想着：为什么这么倒霉？到底是为什么？而此时罗伯特坐到亨利旁边，雷梦拉坐在草地上，小排骨就趴在她身边，斯库特扶起自行车，比苏斯拿着指挥棒，又开始练起来。

"刚才可真刺激，是吧？"罗伯特说，"这儿的星期天可不常有这样的事。"

"是啊。"亨利无精打采地说。

"是我出手救了你的狗，不赖吧？"斯库特还

不忘自吹自擂。

亨利瞪了他一眼，然后说："你自以为很聪明，是吗？"

"这个嘛，反正得有人出手。"斯库特腿一跨，骑上他的自行车。

"你们等着瞧吧，我会有自行车的。"亨利说。

听到亨利的话，斯库特和罗伯特顿时就来劲儿了。"呵，你肯定不会有的，"斯库特说，"你就吹牛吧。"

"我肯定会有的，"亨利斩钉截铁地说道，"而且比你的还要好。等着看吧。"

"亨利，你什么时候买？"罗伯特问。

"不用你操心。"亨利故作神秘道，"等着吧，你会见到的。"

"你就吹牛吧。"斯库特重复了一遍之前的话。

"亨利没有吹牛。"比苏斯边说边转着手里的

指挥棒,接着往上一抛,没接住,指挥棒落到了草地上。"亨利说他会有自行车,就一定会有。就是这样!"

"好吧。"斯库特说完,骑着自行车一溜烟儿走了。

斯库特走后,罗伯特和比苏斯同时问道:"你真的会有自行车吗?"

"当然,我会有的。"亨利的语气十分肯定,听起来是认真的。他心里想:我一定要有辆自行车,必须得有。我要马上开始攒钱。当然,我首先得考虑把烤肉的钱给付了。不过,冰箱里已经有一块牛肉了,那么在接下来几个星期里,就不用去"幸运狗宠物店"给小排骨买马肉了,省下来的钱可以先攒起来,这样慢慢就可以买自行车了。

第二章
亨利有钱了

一天放学后,亨利带着小排骨帮妈妈去市场买了一斤牛肉饼,在回家的路上,他决定穿过空地,看看能不能捡到一些可乐瓶。他想把瓶子拿到超市换些零钱回来,这样他的"买车小金库"就会多些钱。他很小心地拿着牛肉饼,以防垂涎三尺的小排骨。

亨利正找瓶子时,小排骨突然兴奋地叫了起来,随后一跃,蹦到灌木丛中。这太不寻常了,小排骨居然对牛肉饼置之不理。亨利决定跟着去一探究竟。最后发现,灌木丛里仅有一只邻居家的猫。当他准备走出来的时候,突然发现了一个灰色的纸箱子,上面印着一些字,就放在灌木丛下面。他走过去,想看看箱子里是什么。

"哇!"亨利不禁叫了起来。箱子里面是一堆盒子,所有的盒子上都印着泡泡糖的标识。

亨利像发现新大陆似的,急忙把买来的牛肉饼藏到灌木丛下面,而后急不可耐地撕开一个盒子,发现里面装满了玻璃珠大小的糖球。亨利好奇地朝嘴里扔了一颗,咬穿糖衣,使劲嚼起来,最后吹了一个粉红色的大泡泡。还真是泡泡糖呢!

亨利接连打开几个盒子,里面都是泡泡糖。每个盒子里面都有两百颗,甚至三百颗,他根本数不过来。他数了数盒子,一共有四十九个。四十九乘三百等于……反正是个大数目。

亨利简直不敢相信。整整四十九盒,每盒有三百颗,一辈子都吃不完!这感觉就像一下子有钱

了，再也不用省着吃了。

　　这时，亨利心里想，要想保住这份意外之财，就绝对不能让其他孩子看到这些泡泡糖。这可不容易。他从灌木丛下面取出牛肉饼，又拾起两盒泡泡糖，接着对小排骨说"咱们快走"，说罢便一溜烟跑回了家。

　　回家后，亨利先把牛肉饼放在厨房的沥水架

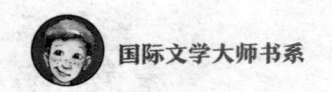

上，又把泡泡糖塞到了自己卧室的床下，然后顺着克利基塔特街跑到比苏斯家。亨利看到比苏斯在院子里，有意放慢了脚步。

"嗨！"亨利淡定地打着招呼。

"你好啊，亨利。"比苏斯答道。她抓起一把郁金香花瓣撒向空中，周围顿时下起一阵粉色的花瓣雨。她妹妹坐在人行道边的一个苹果箱子上。

"那什么，比苏斯，"亨利故作随意地说，"能借你的红色手推车用一下吗？"

"你要干什么呢？"比苏斯问道，脸上充满好奇。

"嗯，就是去跑个腿。"亨利回答道。

"我能跟你去吗？"比苏斯问道。

"不行。"亨利在使劲儿掩饰自己的不耐烦，"就是些我必须要做的事情，没什么大不了的。"

"不带我去，我是不会把我的手推车借给你的。"比苏斯说完，又抓起一把花瓣撒向空中。

亨利知道，处理这种情况必须要小心。"你把车借给我，我就给你一颗泡泡糖。"说完，他吹了一个泡泡，想刺激比苏斯。

"好吧。"比苏斯同意了，"不过，你得先把泡泡糖给我，我才能把车借给你。"

亨利就知道她会这么说，可他口袋里没有泡泡糖。他早该料到的，一开始就不该找女孩帮忙，可事到如今，说什么都晚了。"我回来再给你。"亨利对比苏斯说。

"除非让我一起去，否则不借。"比苏斯的态度很坚决。

这时，亨利看到斯库特骑着自行车朝他们过来了，他知道必须要快速做出选择，他不想让斯库特缠着问各种问题。"好吧。"亨利同意了比苏斯的条件，"你可以跟我一起去，泡泡糖要多少有多少。不过有个前提，我要先把它们安全地送回家。"

亨利和比苏斯把手推车从后院推过来时，斯库特已经走了，雷梦拉还坐在苹果箱子上。

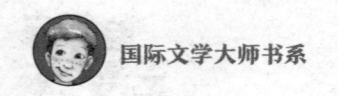

"走吧,雷梦拉。"比苏斯边说,边把一个旧的熊猫玩具从手推车里拿出来,"我们要跟亨利一起走。"

"我不去。"雷梦拉说。

亨利心里越发着急了,要是斯库特骑着车刚好穿过那片空地怎么办?"我的老天啊,比苏斯,我们得赶紧走。我要做的事情很重要,要是不赶快过去,恐怕就晚了。"

"雷梦拉,"比苏斯用连哄带劝的口气说,"我们以后再玩这个游戏吧。"

"什么游戏?"亨利问。他没觉得雷梦拉在玩什么游戏。

"她在玩等公交车的游戏。"比苏斯解释道。

亨利叹了一口气。这是他听过的最蠢的游戏。"她不知道坐在箱子上一动不动,一点儿也不好玩吗?"亨利边问边前后左右打量着街道,显得很紧张。他很担心那些泡泡糖,生怕被别人发现拿了去。

"嘘——"比苏斯悄悄地说,"她觉得很好

玩，我不想扫她的兴。这个游戏能让她安静好一会儿。"她又转头对妹妹说："如果你坐到手推车里，我和亨利会在前面拉着你，你可以假装坐在公交车里。"

看到雷梦拉高兴地爬上手推车，亨利舒了一口气。他和比苏斯拉着手推车沿着街一路小跑。当他们穿过空地来到小路时，比苏斯在后面推，亨利在前面拉。东西可千万别被发现了，那可是亨利的宝贝啊！

"天呀！"比苏斯终于看到那些东西了，她尽量压低声音，可还是禁不住惊叹，"那些盒子里装的都是泡泡糖？"

"当然了。"亨利说着双手抱起好几盒，准备往手推车里装。

比苏斯也帮忙搬起来。"这些都是你的吗？"

"当然，是我发现的。我也说过泡泡糖要多少有多少，我没骗你吧？"亨利说道，"不过，我们先得把它们送回家，不能让其他孩子看到。"

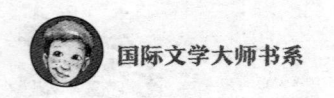

比苏斯是个很聪明的女孩,她知道这件事很重要,所以干得更卖力了。比苏斯把雷梦拉从手推车里抱出来。雷梦拉很不高兴,叫了起来。"快张嘴,好好嚼吧。"比苏斯说着,把一颗泡泡糖塞到了妹妹嘴里。

所有泡泡糖都装上手推车了,亨利把外套脱下来盖在盒子上。接着他和比苏斯拉着车开始快步朝前走,雷梦拉一路小跑,在后面紧随。

终于到家了,亨利和比苏斯把车拉进他家院子里。"呼——"亨利长吁了一口气。终于把泡泡糖带回他的领地,不会有人来说"见者有份"了。亨利一屁股坐在家门前的台阶上。"来吧,"亨利说,"咱们开吃。"

比苏斯自己拿了一颗,迫不及待地咬开糖衣。亨利的嘴里本来就有一颗,现在又吃了一颗。雷梦拉太小,还不太会嚼,小嘴

砸吧得可响了。亨利给了小排骨一颗。小排骨显得很困惑，张开嘴试着咬了咬，糖球在它嘴里滚了一圈，然后被吐在了草地上。小排骨看了看亨利，那眼神像是在责备他。

看着亨利用两颗糖球吹出的大泡泡，比苏斯羡慕极了，她赶紧往嘴里又塞了一颗。这时，亨利又吃了一颗。

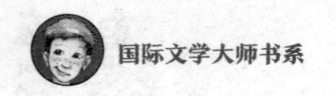

罗伯特从街那头过来了。"亨利，你好啊！"他跟亨利打了个招呼。

"快瞧。"亨利吹了一个泡泡，足有一个网球那么大。泡泡最后崩开了，嘭！那声音可真好听。崩开的泡泡粘得亨利满脸都是，他费了很大劲才把泡泡糖放回嘴里。他忙不迭地对罗伯特说："来，吃一颗。还是一次吃两颗吧。"

"哇！"罗伯特看到满满一推车的泡泡糖，忍不住一阵惊呼。他抓起两颗，急不可耐地放进嘴里。

几个人拼命地嚼着泡泡糖，"忙"得不亦乐乎。玛丽也来了，急忙问道，"亨利，这些泡泡糖是哪儿来的？"

"吃吧。"亨利递了一盒泡泡糖给她，并没有回答她的问题。

"不用了，谢谢。"玛丽说，"我妈妈说过，嚼泡泡糖很不好。"她一直盯着亨利他们几个，终于忍不住了，说道："如果你不介意的话，我觉得

我可以试试,只吃一颗。"

亨利把刚吹出的泡泡吸回嘴里,说道:"当然不介意,你自己拿吧。"

玛丽想吹个泡泡,一不小心,把泡泡糖整个吐了出来,掉到了草地上。

"那样不对,"亨利说,又递了一颗给她,"先用牙齿把糖压平,然后用舌头顶住,最后再吹。"

玛丽练习了几下,吹出了一个很小的泡泡。小姑娘家家的,吹个泡泡都那么小家子气。

斯库特骑着自行车过来了。看见几个人坐在台阶上,他停下车说道:"我说亨利,你什么时候买自行车啊?"

亨利吹了一个巨大无比的泡泡,不紧不慢地说:"你等着瞧就行了。"

斯库特吹了一声口哨,惊讶地说:"那什么,泡泡糖是哪儿弄来的?"

"跟你没关系。"亨利边嚼泡泡糖边说道。

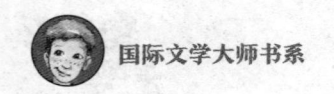

"给我吃一颗,怎么样?"斯库特问。

"不行。"亨利说。

"哎哟,别这么小气嘛。"斯库特想说服亨利。

"不行。"斯库特也有有求于他的时候,亨利很是得意。

斯库特想了一会儿。"你给我一颗泡泡糖,我就让你骑我的自行车。你可以骑到那边街角,再骑回来。"

亨利倒没想过这个,这主意听起来还不错。"让我绕着整个街区骑一圈。"亨利提出了自己的条件。

"好吧。"斯库特下了自行车。

"就吃一颗。罗伯特,你帮我看着,我去去就回。"亨利扶起自行车。他必须得骑得又稳又好,如果在斯库特面前出丑,所有人就都会知道。他用左脚踏上较高点的那个踏板,接着右腿一抬跨过座椅,右脚踩上另外一个踏板。自行车太大了。亨利骑着车从街道这头摇摇晃晃到另一头,最后终于骑稳了。

亨利开始加速,真快活,这才是生活嘛。就为了一颗糖,斯库特都能把自行车让给他骑,不消说,剩下的糖一定能换到更多好东西。

亨利在心里开始谋划:就像印第安人用贝壳项链换东西一样,他要把泡泡糖带到学校,看看大家会拿什么来换,他们甚至会拿钱来买,绝对的。只要比商店里卖得便宜,比如一分钱两颗,一会儿的工夫肯定能卖完。这样"买车小金库"就有钱了,用不了多久,就能让斯库特看好戏了。

一圈实在是太短了。亨利下车,把车放在了草地上。比苏斯对他说:"亨利,把手推车还给我吧,我要带雷梦拉回家了。泡泡糖都粘到她头发上了。"

"好的。"亨利说,"给你一盒泡泡糖,谢谢你给我用你的手推车。"

"一整盒?"比苏斯惊呼道,"天哪,谢谢

你，亨利。真没想到你能给我这么多。"

就在比苏斯和雷梦拉离开的时候，哈金斯先生开车回来了。他停好车，对孩子们说："你们好啊。这是什么啊？"

亨利跟爸爸解释了一番。哈金斯先生笑了笑，大概数了数。"一共有四十九盒，每盒有三百颗。让我算算……一万四千七百颗泡泡糖，可真不少啊。"

听到这数字，连斯库特都一惊。这时哈金斯先生说："会不会有什么问题？你们想过没有？"

亨利他们几人把嘴里的泡泡糖马上吐了出来。他吃了整整四颗，嚼得下巴都酸了。现在想想，那么多盒泡泡糖放在空地上，还真有些蹊跷呢。

"会不会是别人偷来放在那儿的呢？"哈金斯先生说，"反正这么多泡泡糖扔在那儿，肯定有原因。"

"擅自拿走被偷的东西很不好，对吧？"斯库特说道。

"你闭嘴,斯库特。"亨利说,"爸爸,那我该怎么办呢?"

"要不报警吧?问问警察该怎么办。"哈金斯先生建议道。

"好吧。"亨利明白这么做是对的。但是,如果要把所有泡泡糖都交给警察,他很舍不得啊。他

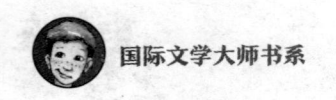

还指望着把泡泡糖卖出去,来充实自己的"买车小金库"呢。再说了,哪怕把泡泡糖拿去在同学面前炫耀一番,也很不错呢。

哈金斯先生给警察打了电话。警察说他们会去了解情况,并告知他们结果。那天晚上,亨利焦虑不安,心里很不踏实,要是泡泡糖能归他就好了。想到这,亨利开始把泡泡糖盒整整齐齐地码好,放到自己床下。他不想看书,也不想玩他的模型飞机,什么心思都没有。他在家里走来走去,手指不时地敲敲窗台,焦急地等待着。哈金斯太太终于忍不住了,她放下手中的针线活对亨利说:"老天爷啊,你能安静一会儿吗?"

亨利瘫坐在椅子上,说:"你觉得警察会打电话来吗?他们会开着警车来找我吗?"

就像是回答他的问题一样,电话正巧响了。爸爸接起电话,亨利屏住了呼吸。"喂,你好。"哈金斯先生说,"好的……好的……我明白了……那是不是……哦……好的……谢谢你们的通知。"

"他们是怎么说的？到底怎么说的？"亨利不停地问。

"泡泡糖是一个人丢弃在空地上的。他有很多制作泡泡糖的机器，现在他不干了。"哈金斯先生回答道。

"那就是说，泡泡糖归我了？是不是，爸爸？"

哈金斯先生笑着说："警察说了，他们没有任何理由没收，泡泡糖归你了。"

"真是怕什么来什么。"哈金斯太太叹了口气，"亨利，你准备怎么处理那些泡泡糖？"

"天哪，天哪！"亨利喜不自禁，"先得让同学们知道这件事！"

第二天早晨，亨利都不用妈妈催促，早早就和小排骨出发上学去了，比平时早了整整十五分钟。去学校的路上，亨利从盒子里拿了几颗泡泡糖，一股脑儿地塞进嘴里。他想吹个大泡泡，好在同学面前炫耀一番。

一到格林伍德学校，亨利就被同学们围住了：

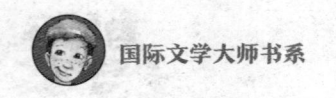

"玛丽说你在空地上找到了很多泡泡糖,都归你了吗?"

"当然归我了。"亨利回答说。他有些失望:这个玛丽,嘴真快,本来想给他们惊喜的,都被她给破坏了。亨利接着说:"一分钱两颗,要买的快买了。"

大家知道这个价钱很便宜,都争着买。"给我四颗。"乔伊说。

"给我两颗。"彼得说。

一些孩子没带钱,亨利让他们第二天带来。亨利牛仔裤的后口袋里有一本漫画书,他在上面记了账,把名字和金额都写在漫画书的空白处。这时,上课铃响了,亨利看着到手的二十二美分,欣喜若狂!

到中午的时候,关于亨利泡泡糖宝藏的消息在整个学校传开了。其他教室的学生们都围了过来,大家都想买"打折"的泡泡糖。亨利负责卖,比苏斯负责记账,她把赊账人的名字都写了下来,两个人忙得不可开交。放学的时候，亨利挣了五十三美分现金，还有四十三美分的赊账都记在他的漫画书上了。这下他的"买车小金库"已经有将近一美元了。除此之外，他还得到了四个玻璃球、一个悠悠球，还有四本漫画书。

这还不算完，乔伊选他做下一次的黑板报负责人；凯瑟琳说要邀请他参加她的生日聚会；中午吃饭的时候，六个男孩要和他坐在一起；还有罗杰，他骑着自行车把亨利载回了家。

第二天，亨利早早出发去了学校。他带上了一整盒的泡泡糖。不过他发现，做生意没那么简单，不仅要卖，没带钱的要记账，付清欠款的还要把名字从漫画书上画去。比苏斯终于来了，有她帮忙，买卖做得顺利多了。

起初，大家很小心，都是趁邦纳老师不注意的时候才嚼泡泡糖。过了一会儿，大家都开始肆无忌惮起来。这时候，邦纳老师突然提问："亨利，你告诉大家，我黑板上写的那句话的末尾，应该用什

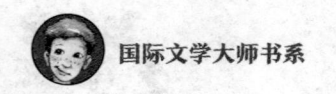

么标点符号？"

亨利一惊，赶紧把嘴里的泡泡糖用舌头顶到一边。"用句号……不对，我觉得应该用……用问号。"亨利结结巴巴地说。

"亨利，我觉得你应该先把嘴里的泡泡糖吐到垃圾篮里，不然我们根本听不清你在说什么。"邦纳老师说道。

真是丢脸极了。亨利走到教室前面，把嘴里的泡泡糖吐到了空空的金属垃圾篮里。泡泡糖嗵的一声落在了篮底，全班同学都忍不住偷笑起来。

"现在，"邦纳老师说，"所有人，嘴里嚼着泡泡糖的，都把它吐到垃圾篮里。"

有十几个孩子怯怯地走到垃圾篮前，吐掉了嘴里的泡泡糖。比苏斯也在其中。

邦纳老师看看周围，语气严肃地说："还有你们俩，罗伯特和乔治。"只见两人也极不情愿地把泡泡糖吐进垃圾篮。

课间休息之后，又有一些孩子在邦纳老师的督促下扔掉了泡泡糖。虽然邦纳老师没说什么，不过亨利看得出，她很生气。

中午的时候，亨利带着泡泡糖去了操场。竟没有一个人上前来买，这让亨利很吃惊。现在，几乎每个人都有了，他们一会儿嚼，一会儿吹着泡泡。

"如果降点儿价，还能再卖出一些。"比苏斯建议道。

"看来只能降价了，"亨利说，"试试一分钱四颗怎么样。"

降价之后，生意有了些起色。可放学回家之后，亨利傻眼了。他并不确定自己挣了多少钱，包里装着三十一美分，他还想算算漫画书上记的账里有多少，算了一会儿亨利就放弃了。有的欠的钱没付，又赊了新账；有的已经付了，可亨利忘记画名字了。总之，漫画书上又脏又乱，铅笔涂了又写，写了又涂，完全看不清笔迹。亨利急得把漫画书扔进壁炉。他记得清清楚楚，罗杰、彼得，还有其他几个人还欠他钱。其余记不清的，只能指望他们主

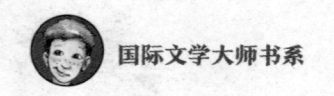

动还钱了。

第二天早晨,亨利拿着一盒泡泡糖正想出门,比苏斯按了门铃。她把之前亨利给她的那盒泡泡糖还给了他。"妈妈让我把这个还给你。"比苏斯说。

"为什么?"亨利问道。

"因为雷梦拉。她偷偷地嚼泡泡糖,把糖都粘到自己的头发上了。为了把泡泡糖清理干净,妈妈只能把她的头发剪掉。雷梦拉现在的头发长长短短的,难看极了。爸爸说再这么下去,她会变成秃头的。"比苏斯看上去一脸歉意。"我也吃够了,不想再吃了。"

二人结伴去学校,来到操场。亨利发现生意是越来越难做了,所有人都在嚼泡泡糖。他不得不再次降价,一分钱十颗,这样又卖了一些。

"除了肉桂黑胡椒薄荷味,还有其他口味吗?"乔伊问。

亨利只能承认没有。

"好吧。"乔伊说完,走开了。

亨利开始想,商场要卖东西,会怎么做。他们会降价促销,打广告,还会让人免费试吃。亨利已经降过价了,他也不知道该怎么打广告,所以决定试试免费品尝。虽然一开始有十几个孩子围过来,不过试吃的没有想象的那么多。

罗杰过来找亨利,他还欠四美分没给呢。他想免费吃一颗泡泡糖。亨利不知道该不该给他,他还欠着钱呢。但既然给了其他人,那就给罗杰一颗吧。罗杰把泡泡糖装进了口袋。

"你昨天买了八颗泡泡糖,还欠我四美分呢。"亨利说道。

"我忘了,"罗杰说,"昨天还要花钱买,今天怎么免费发呢?"

"这个嘛……"是因为没有人对他的泡泡糖感兴趣了,亨利不想承认这一点。

"对呀,"彼得插话说,"既然你免费发了,那我就没必要还你钱了。"

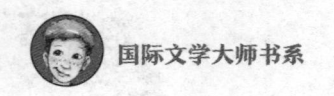

"昨天和前天我可没有免费发，"亨利说，"我卖给你们了，所以你们还欠我钱。"

"想得美。"彼得说着嘴里吹了一个泡泡，嘭的一声，泡泡崩开了。

"你别想耍赖。"亨利说。他心里很困惑，不知道该怎么办。

上课铃响了，他们开始朝教室走去。亨利注意到，彼得和罗杰一路嘀嘀咕咕。他们在教室门外叫了一群孩子，围到一起不知道说些什么，表情都很严肃。他们一直围在一起，直到邦纳老师过来把他们赶进教室。

亨利心想，他们到底想干什么呢。他心神不宁，上社会课和算术课的时候，脑子里都在琢磨这件事。不过，事情也没像他想象的那样发展。课上，邦纳老师让彼得把嘴里的泡泡糖吐了，亨利还暗自窃喜。

课间休息的时候，一群学生围着亨利要免费泡泡糖，这让亨利着实意外。围着他的人简直和第一

天早晨一样多。亨利又开始自我感觉良好起来。

这时，罗杰和彼得对着亨利喊道："喂，亨利，能出来一下吗？我们有话跟你说。"

"好。"亨利从人群中走出来。

"这是我欠你的泡泡糖，给你。"罗杰把八颗泡泡糖递给了亨利。

"还有我的。"彼得把四颗泡泡糖还给亨利。

"喂，等等，"亨利有些不满，"这不公平。"

"这很公平。"罗杰说，"我们之前买的泡泡糖，现在还给你了，不欠你了。"

"但是你嚼了，"亨利不同意他的说法，"我看见你嚼了，邦纳老师让你把泡泡糖吐在垃圾篮里了。"

"我还给你的这些没有嚼过，对吧？"彼得说。

亨利不得不承认确实是这样的。

"既然没嚼过，为什么就不能退给你呢？在商场买的也能退货的。"罗杰步步紧逼。

国际文学大师书系

亨利无言以对,只能接过这些泡泡糖。他觉得肯定有问题,但想不清楚是什么。有一件事情是清楚无疑了,他的"买车小金库"白白少了六美分。

这时候玛丽跑来问罗杰和彼得:"我给你们的免费泡泡糖亨利接受了吗?"

"我拿着了,这下你高兴了吧!"亨利大声说道,"你们这就是欺骗!"

"才不是呢。"玛丽说,"这些是你免费给我们的,我们再给谁是我们的自由。"

亨利气坏了,给谁的确是她的自由。玛丽是那种很讨人厌的女孩,她觉得自己说什么都是对的。更糟糕的是,还有人欠着钱呢。现在可好,都别指望他们付钱了。上课铃声响了。亨利觉得难堪极了,巴不得快点儿上课,虽然下节课是他讨厌的拼读课。

当天,没有人选亨利当值日班长。午饭的时候,只有罗伯特和他坐在一起。他还听到凯瑟琳说,她不打算请男孩去她的生日聚会。

午饭过后,班里的同学都到教室里坐定,准备开始午读。这时,门开了,校长穆伦夫人走了进来。她与邦纳老师耳语了几句,转身对大家宣布:"孩子们,我想和大家谈谈,格林伍德小学出了一个问题,我想和大家讨论一下该怎么办。"

亨利心想,这又怎么了?有人在大厅里乱跑,或者用粉笔在墙上乱涂乱画了?

校长环视了整个教室,然后说:"这个问题就是泡泡糖。"

亨利顿时觉得脸和耳朵一阵发热。他觉得教室里的每个人都在盯着自己看。

校长继续说:"最近几天,有越来越多的同学在校园里吃泡泡糖,比以往多得多。我想让大家说一说,为什么不能在学校里吃泡泡糖。"

大家都沉默不语。

"有没有同学能说说原因?"她问道,"亨利,为什么在学校里吃泡泡糖不好?"

亨利觉得耳根发烫,跟着火了一样,没想到

校长居然知道自己的名字。"呃……"亨利一阵结巴。怎么什么都说不出来呢？"呃……"必须得说点儿什么。"这个……呃……那个……我觉得……嚼泡泡糖给老师添麻烦了，老师要让大家把泡泡糖吐到垃圾篮里。"亨利像打机枪一样说出了这番话。至少，他说出来了。

"说得很好，"校长说，"嚼泡泡糖很浪费时间。还有谁能说说为什么不能在学校里嚼泡泡糖？"

一个女孩怯生生地举起手："泡泡糖会粘在地板和其他东西上。"

"很好。"校长说，"我希望有同学能说到这一点，因为我们的清洁阿姨告诉我，这几天的大部分时间她都在清理地面和桌面上的泡泡糖。"

班里的孩子慢慢放开了，对于为什么不能在学校里吃泡泡糖，大家突然说出了很多理由。

这时玛丽举手说道："校长，我知道泡泡糖是哪里来的？"

亨利心想：玛丽可真讨厌，就爱打小报告，亏我还教她怎么吹泡泡呢。

校长说："这并不是最重要的，玛丽。最重要的问题是，很多同学在学校里吃泡泡糖。"

亨利着实舒了口气。至少校长不会当着大家的面批评他了。

校长笑着对全班同学说："大家都发表了自己的意见，现在我想知道，有多少人能保证再也不会在学校吃泡泡糖了？"

全班三十五只手齐刷刷地举了起来。"很好。"校长高兴地说道，"我知道邦纳老师班里的孩子们最听话了。"

校长离开后，罗杰凑过来小声对亨利说："都是你干的好事。"

亨利边俯身翻开书本，边从嘴角低声挤出一句话："你给我闭嘴。"亨利心里明白，虽然大家都做了保证，但要不了几天就会忘了。不过，以后想在学校里卖泡泡糖也不可能了。

放学后，亨利找到了玛丽，大声对她叫道："你这个告嘴婆！"

"去你的吧。"玛丽不客气地回了一句，鼻子冲着天对亨利做了个鬼脸，然后接着说，"大家都不想吃你的泡泡糖了，全是那种可笑的肉桂黑胡椒薄荷的味道。"

"快走，小排骨！"亨利对着他的狗说。小排骨一直蹲在一棵杉树下等着亨利。他往嘴里塞了一颗泡泡糖，嚼了又嚼，吹了个泡泡，泡泡嘭的一声崩开了。亨利觉得很无趣，干脆把泡泡糖吐了。其实，亨利也吃腻了，再也不喜欢肉桂黑胡椒薄荷味的泡泡糖了。

亨利到家后，把外套和丹尼尔·布恩牌的帽子放在椅子上，然后走到冰箱前。"你好，妈妈！"看到妈妈正在给巧克力蛋糕撒糖霜，亨利说，"蛋糕看起来很好吃。"

"做好了你可以吃一大块。"哈金斯太太转着圈在蛋糕上撒了一层糖霜说，"我也想顺便和你

谈谈。"

亨利手指一划,从蛋糕盘的边缘抹了一点儿糖霜嗅了嗅,是黑胡椒薄荷味的。

"亨利,你还没洗手呢。"妈妈说,"说起床底下的那些泡泡糖,我都没法用吸尘器打扫你的房间了。你为什么不给你的朋友们呢?他们会很开心的。"

亨利叹了口气。妈妈一点儿也不了解他的那些朋友。想到那些盒子和盒子里的泡泡糖,亨利顿时觉得腮帮子发酸。他再也不想碰那些盒子了,想到泡泡糖就直恶心。

"好的,妈妈,"亨利漫不经心地说,"那些泡泡糖我会处理的。哦,蛋糕不用给我留了,我不太想吃。"

亨利带着小排骨采到前院,坐到了门廊上,思考着怎么处理泡泡糖。这时,斯库特骑着自行车路过,他朝亨利喊道:"都怪你的泡泡糖,校长开始全校大检查了,她去了所有教室。你肯定看见

了吧。"

"我没看见。"亨利回答说,"再说了,关我什么事?"他心想,没错,关我什么事!

别人欠他的买泡泡糖的钱,肯定是收不回来了,不过"买车小金库"已经攒了一美元。赚了些钱不说,还风光了好几天呢。泡泡糖也吃得够够的,这辈子都不想再吃了。他的朋友们也是,从来没吃过那么多泡泡糖。

坐了没一会儿,亨利招呼着小狗:"小排骨,咱们去比苏斯家。"

亨利看见前来开门的雷梦拉,忍不住惊叫道:"天哪!她这是怎么了?"因为她左边的头发都剪掉了,右边的参差不齐,就像锯齿一样。

"丑不丑?"比苏斯问道,"妈妈好不容易剪掉了粘在她头发上的泡泡糖,她拿着剪刀,又自己剪起来。她说想和杰克叔叔一样,变成秃顶。"

亨利叹了口气。这下可好,大家会说这都是因为我。说起来也真有意思,几盒泡泡糖给他惹了多

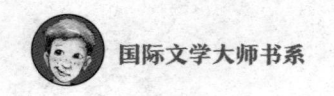

少麻烦啊,真想快点儿结束这一切。"比苏斯,"亨利说,"我能用一下你的手推车吗?我想把泡泡糖拉回去,扔在那块空地上,物归原处。"

"没问题,你用吧。"比苏斯回答道,"走吧,我帮你。"

第三章
训练小排骨

　　一个周六的下午，亨利坐在门前的台阶上逗小排骨。他把棍子扔出去，让小排骨捡回来。每次把棍子扔到草地上，小排骨都会蹦蹦跳跳地追过去，把棍子衔回来，放在亨利脚下，然后摇着尾巴，等着亨利再扔。亨利觉得他的狗很聪明，这么快就学会捡棍子了。那就教它一点儿有用的技能，比如帮爸爸取拖鞋什么的。

　　亨利和小排骨正玩着呢，斯库特骑着自行车

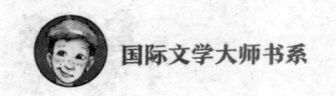

来到他家。他把亨利家订的《日报》扔到草地上。

"喂,亨利,"斯库特说,"下周放假,我要去参加训练营。我走的这段时间,这条路上送报纸的活儿得有人接手。你觉得谁合适?"

亨利扔了棍子让小排骨去捡,然后说:"我来接手吧,斯库特。我一直就想送报纸来着。"

斯库特满脸犹豫:"呃,你年纪不够大,干不了。"

亨利知道,得满十一岁才能送报。不过他接着说:"就三天,没关系的。三天以后,这条路上的报纸还是你送,我只是临时替代一下而已,就这样说定了。好吗,斯库特?让我去送吧。"

"可是你没有自行车啊。"斯库特说,"而且我只能付你一美元。"

"我可以走路啊。"亨利说,"一美元就一美元,没问题。"他装作无所谓的样子。实际上,一美元对他来说已经是一笔巨款了。这下,他的"买车小金库"里又会多一笔钱。"求你了,斯库特。

我不会搞砸的。不会有任何问题的，请相信我。"

"我负责的这条路上可有一些难缠的'顾客'，"斯库特以警告的口气说道，"那个琼斯老太太，报纸上沾上一丁点儿泥，她都会打电话投诉。还有那个格林太太，如果把报纸扔到她的花坛里，她会很生气的。总之，送报纸的时候得格外小心。"

"我能做到，"亨利说，"我会很小心的，我保证。"

"好……好吧。"斯库特想了一会儿说，"行，这条路上的报纸就让你送了，不过最好别惹什么麻烦。下周我会把顾客名单给你。"

"太好了，谢谢你，斯库特。"亨利感激地说。

哇，"买车小金库"里又多了一美元！亨利想：这次他会好好送报纸。这样，如果暑假里斯库特要出门的话，还会来找他的，那么"买车小金库"里的钱就会越来越多。亨利开始浮想联翩：一

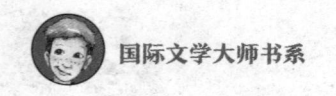

会儿是他正走在克利基塔特街上,手腕熟练地一抖,报纸就稳稳地落在了顾客家的门廊上;一会儿是他正骑着一辆崭新的红色自行车,车把上挂着随风飘的浣熊尾巴。天哪,天哪,他觉得那辆他朝思暮想的自行车近在眼前,像是一伸手就能够到似的。

这时,亨利注意到草地上那卷捆得紧紧的报纸,他顿时心生一计:不用训练小排骨帮爸爸取拖鞋了,他要教小排骨用嘴衔报纸,这样就可以每天晚上帮他去取报纸了。"接住,小排骨,"亨利说,"用嘴接住报纸。"

小排骨坐着一动不动,尾巴摇来摇去,拍打着地面。

"快去,小排骨。"亨利捡起报纸,放在小排骨的鼻子下面,然后扔了出去。小排骨还是一动不动。它只会捡棍子,不会捡报纸。小排骨扭头挠了挠背,抓住了一只虱子,放到嘴里嚼了嚼。

"快去捡啊,一点儿也不乖,你是不是老得

动不了了啊？"亨利又把报纸放在小排骨面前。小排骨瞟了一眼，嘴搭在自己爪子上趴下了。亨利把报纸扔了捡，捡了扔，小排骨只是在一旁看着，一点儿反应也没有。亨利觉得他的样子一定蠢极了。自己把棍子扔出去，又捡回来，自己的狗在一旁看着。这一次，他把报纸放在身后，另一只手拿起棍子命令小排骨说："快看。"

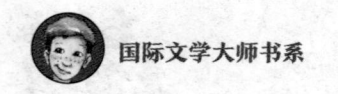

一看到棍子，小排骨便站起来。"汪！"小排骨边叫，边欢快地摇着尾巴，期待自己的主人把手里的棍子扔出去。

亨利假装要扔棍子，接着两只手一换，把报纸扔了出去。还没等小排骨看清楚呢，它就蹦蹦跳跳地追过去，把报纸捡了回来。

小排骨把报纸放到亨利脚边，亨利拍拍它，说："真是我的好狗狗，我的狗狗真棒。"

小排骨高兴地晃起了脑袋，摇起了尾巴。亨利又把报纸扔出去，小排骨纵身一跃把报纸衔了回来。"真是我的好狗狗，"亨利很满意，"你就是这儿最聪明的狗狗。"

第二天是星期天，亨利总是比爸爸妈妈起得早。起来以后，他想读一读报纸上的幽默故事。《日报》一般是周日一大早送到各家。就像往常一样，亨利蹑手蹑脚地走到门廊去取报纸。可是，他被眼前的景象惊呆了——门垫上的报纸不只一份，而是整整一堆。小排骨坐在报纸旁，晃着尾巴，好

像对自己很满意。

亨利叹了口气,压低了声音问道:"你怎么把邻居家的报纸都拿来了?"

啪啪啪,小排骨先是用尾巴使劲拍打着地面,然后站起来,开始晃动整个身子。

"可真有你的!"亨利边数报纸,边咕哝了一声,语气听起来很生气。门垫上足足有十七份报纸。好在另一种报纸的送报员来晚了,不然小排骨会把两种报纸都拿来的。要真是那样可就糟了。

十七份报纸啊!亨利在想该怎么向斯库特解释。现在可好,那一美元的酬劳肯定没戏了。斯库特暑假去夏令营的时候,也不会让亨利替他送报纸了。最最糟糕的是,想想斯库特以后会怎么奚落亨利,他将永远都不会忘记,是亨利的狗给他惹了大麻烦。

想到这,亨利的脸沉了下来。亨利心里清楚,他必须得想个办法解决,而且要快。他想起来了,克利基塔特街是斯库特送报路线的起点。现在还早，斯库特可能还没送完。小排骨满脸困惑地看着自己的主人，它把所有报纸都拿来了，主人怎么不夸它呢？

"快来，小排骨。"亨利命令道。他们快速回到自己的房间。亨利穿上牛仔裤，在睡衣上套了一件卫衣，把两只脚塞进运动鞋。他把小排骨关在屋里，把自己家订的那份报纸扔进客厅，抓起剩下的报纸，顺着街道一溜烟跑到了斯库特家。

清晨的克利基塔特街上空无一人，仿佛还在睡梦之中。看到斯库特家的百叶窗还没打开，亨利长舒了一口气。他轻手轻脚地走上台阶，心神不宁地左右打量，又把耳朵凑近房门，仔细听了听屋里，一片安静。把十六份报纸放在斯库特家的门垫上之后，亨利快速地跑回了家。

亨利悄悄回到自己的房间，往床上一躺，终于松了一口气。没人看见他！斯库特怎么都想不到，那十六份报纸是怎么又回到他家的。"买车小金库"的一美元也终于稳当了。

在"死里逃生"之后,亨利的心情格外好。正当他在享受第二块热气腾腾的蛋糕时,门铃响了。

"这是您的报纸,哈金斯先生。真抱歉送晚了。"是斯库特的声音。

亨利看了看餐桌上摊开的报纸,屏住了呼吸。

哈金斯先生说:"这不对吧,斯库特。我们家的报纸已经送来了呀。"

"哦?"斯库特惊讶地说,"整条克利基塔特街的报纸我刚送完,您家的这才送来。怎么会呢?"

"亨利,今天早晨的报纸你是在哪里找到的?"哈金斯先生问道。

"在门垫上啊。"他确实是在门垫上找到的。爸爸又没问,除了他们家的报纸,还在门垫上找到了什么,对吧?

"这就奇怪了,"斯库特说,"所有的报纸我都送了,我很肯定,这怎么会呢?好吧,很感谢您,哈金斯先生。这可真是奇怪。"

真是太险了，亨利心想。之前怎么没想到呢，既然把报纸送回去，就应该把自己家的报纸也放在斯库特家门口。现在好了，斯库特心里肯定起疑了，他肯定在想到底发生了什么事。

哈金斯先生看完体育版，把报纸折起来，自言自语道："真是奇怪啊，是谁拿了斯库特的报纸呢？怎么会无缘无故消失了呢？我和他一样大的时候也送过报纸。那时候报纸经常被狗偷走，当时我可着急了。"

亨利目不转睛地盯着爸爸。哈金斯先生似乎对手里的报纸更感兴趣，并没有注意到他。"那您是怎么处理的呢？"亨利假装很有礼貌地和爸爸闲聊。

哈金斯先生给自己倒了杯咖啡，说道："我在报纸上撒了点儿辣椒面，过了一段时间，它们知道了那些报纸不能碰。"

吃过早餐，亨利等了一会儿。等妈妈洗完碗，他悄悄地找了一罐胡椒面，拿了份旧报纸，叫上小

排骨来到后院。亨利觉得后院很隐蔽,斯库特肯定看不见。

他把报纸卷了卷,在上面撒上些胡椒面,扔到草地上。小排骨扑过去,到报纸跟前停住了,低头嗅了嗅,接着又围着报纸转起了圈圈,一边转,一边嗅,然后用爪子把报纸折了折,小心翼翼地衔起一个角,放到亨利脚边。小排骨摇起了尾巴,似乎对自己很满意。

"真是只狡猾的小狗狗。"亨利没好气地说。

小排骨以为亨利在夸它呢,急不可耐地跳起来,扑到了亨利的腿上。亨利见状也忍不住拍拍它,说:"该拿你怎么办呢?"亨利不甘心,他又一次把撒了胡椒面的报纸扔到草地上。小排骨蹦着追过去。和之前一样,先是嗅了嗅,然后用爪子卷起报纸,卷好之后才小心翼翼地咬起来,放到亨利跟前。

亨利觉得这个办法可以对付其他的狗,对小排骨一点儿用也没有。再说了,他也不能全程追着两

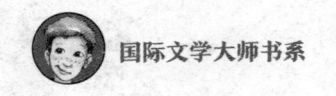

个送报纸的小孩,在每一份报纸上撒胡椒面吧。除了《日报》和《俄勒冈报》,还有《购物消息报》呢。总不能把"买车小金库"里的钱都拿来买胡椒面吧。

亨利坐下来盘算着,到底怎么才能让小排骨忘掉刚学会的这个技能呢?可以把小排骨单独关在家里,可时间不能太长。为了出去,它会一直叫个不停,还会用爪子挠门。家具会留下抓痕的,妈妈最讨厌这个了。而且邻居也不喜欢狗叫声啊。也不能把它拴起来,用不了一会儿,小排骨就会把绳子咬断的。

亨利又开始琢磨,小排骨最讨厌什么。对了,它讨厌别人拽它的尾巴。要不等小排骨去追报纸的时候,试着拽拽它的尾巴?不行,那会伤到它的。还有,每个星期都会让小排骨吃一次鸡蛋。它最讨厌鸡蛋弄它一身了,滑滑的、黏黏的。但是每次小排骨偷完报纸都给它喂个鸡蛋,他也做不到呀!除了这些,它好像还讨厌洗澡。这下是真的没招了。

这么说来，小排骨还真是只很乖的狗狗呢。

到底怎么才能让它忘记新学的技能呢？亨利正努力地想呢，突然听到斯库特在前院叫他。亨利快速地把胡椒罐和报纸塞进后门，然后跑到前院。他心想，要是斯库特问起报纸的事，他该怎么说呢？

"嗨！整条街只有你们家拿到了报纸，真是有意思啊，是吧？"斯库特说道。

"是啊。"亨利心不在焉地回答道，心里在想该怎么转移话题。

"你知道吗？"斯库特接着问。

"知道什么？"亨利问。其实他心知肚明。

"报纸我都送完了，这点我很确定。可我回到家的时候，却发现门廊上有十六份报纸。"

"真是奇怪啊！"亨利尽力表现出吃惊的样子，心想要是有辆消防车开过来就好了。这个时候，小排骨的狗牌叮当作响，是它从屋子的另一头跑了过来。它跑到亨利跟前，挠挠后背，躺了下

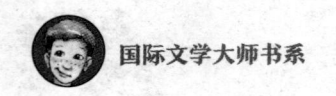

来。突然它又坐起来，眼睛盯着隔壁格鲁比家的房子。

亨利也看了过去。这一看不要紧，亨利的心一下子提到了嗓子眼儿。格鲁比家前门的台阶上正放着一份《俄勒冈报》呢，太显眼了。

小排骨噌地一下站起来。亨利知道他得做点什么，而且要快，不然小排骨会当着斯库特的面把报纸拖过来。亨利不敢再往下想了，他迅速抓住了小排骨的脖子。

"好狗狗，别乱动。"亨利紧紧抓住急于挣脱的小排骨，巴不得斯库特赶快回家。

"如果明天下午再出什么岔子的话，我想我还是不要去训练营了，"斯库特说，"报纸出任何问题，我都会丢掉这份工作。丢掉工作就挣不到钱，那暑假的夏令营也泡汤了。"

亨利没搭这个茬，他正忙着应付小排骨呢，不过也不能让斯库特看出来。小排骨眼里只有格鲁比家的报纸，一个劲儿地想要挣脱。亨利想把它的头

扭过来,背对着报纸。他稍微一松手,小排骨嗷的一声,差点儿冲出去。

"这狗是怎么了?"斯库特不解地问,"你干吗不放开它?"

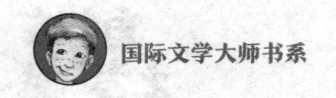

"它并不想跑开。"亨利说,"对吧,小排骨?"

小排骨不停地低声吼着,想要摆脱亨利的胳膊。亨利不明白斯库特为什么还不走,为什么不回家去。

亨利把头扭朝一边,尽量不朝格鲁比家的方向看。不过这没什么用,他满脑子都是报纸。这时,格鲁比家的门开了。格鲁比先生穿着睡袍和拖鞋走了出来,睡眼惺忪地走到门廊上,拿起报纸又回了屋。

小排骨终于不再挣扎。亨利也放开了手,松了一口气,可真险啊!亨利很紧张,左右打量着街道,生怕小排骨再看到别人家门口的报纸。这时,比苏斯和她妹妹雷梦拉走了过来。

她们俩走到亨利家门口停下来。比苏斯手里拿着一沓蜡纸,雷梦拉手里拿着一支红色的塑料滋水枪。她看看斯库特,用枪瞄准他,一条水柱滋到他脸上,然后雷梦拉郑重地宣布:"你死了。"

"我没死，别闹。"斯库特用袖子擦了擦脸。

"雷梦拉，再滋别人，我就没收你的滋水枪。"比苏斯命令她说。"亨利，和我们一起去公园玩吧。我有好多蜡纸，我们可以坐在上面滑滑梯。"

"好的。"亨利迫不及待地说道。他本不想去公园，只不过得找个借口摆脱斯库特，他也有很长时间没坐着蜡纸滑滑梯了，去玩玩儿也无妨。"小排骨，咱们走。"亨利喊道。

小排骨从灌木丛里蹿出来，脖子上的狗牌丁零零直响，嘴里衔着一份旧得发黄的《购物消息报》，一蹦一跳地跑过来，放在亨利脚边。亨利根本不敢看斯库特。小排骨又蹿到灌木丛里去了，不一会儿，又拖出了另一份旧报纸，走到亨利面前，摇着尾巴要主人夸它呢。

"我就知道，亨利·哈金斯，"斯库特气不打一处来，"我就料到你和那些消失的报纸有关系。"

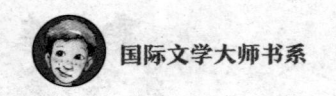

"这个嘛,也许……"亨利无言以对。他现在的麻烦可大了。雷梦拉的滋水枪喷出的水柱正中亨利的脸,水溅到了眼睛里。"喂,快别闹了。"他边说边擦着脸。本来就够倒霉了,又来个小屁孩儿拿个滋水枪到处喷!

"你的小破狗居然敢偷报纸,一定是你教的。"斯库特气急败坏地说,"我猜你下一步就会教它偷我的报纸,让我做不成送报员,对吧?"

"不会的,不会的,它不会偷你的报纸的。我保证。"亨利急忙说道,"我会好好训练它的,它不会再偷报纸了……"

"你得好好管教一下你的狗,"斯库特生气地打断了亨利,"我不在家的这段时间,我会找人替我送报纸。原本麻烦就够多了,报纸被扔进泥里之类的。现在又多了只破狗到处偷报纸。"

"今天早晨,所有人都按时拿到报纸了,没有人抱怨吧?"亨利问道。

"那当然,那是因为我早早就出门送了。今天没问题,那明天呢?明天我放学以后才能去送。"

这也是亨利想知道的。明天该怎么办?他得尽快想个办法出来,不然一美元的收入就没了。"我有个主意,斯库特。你给我列个顾客名单,我明天夜里帮你送,一分钱都不要。如果我把报纸按时送到,小排骨也没捣乱,那你不在家的时候,我就替你送,怎么样?"亨利焦急地等待着斯库特的回应。

"真是个好主意。"比苏斯在一旁帮腔。

斯库特皱着眉头认真思考了一番后,说:"好吧。但是你得保证你的狗不再捣乱。"

"一言为定。"亨利回答说。眼前他要考虑的就是怎么阻止小排骨继续偷报纸。

斯库特迈开步子准备回家,又转过身来说:"你得记住,如果你让我丢了送报员这份工作,我会……我会……我肯定会做点什么的。"

正当两个男孩你一言我一语争论的时候,罗伯特也来到亨利家前院。见斯库特走远了,罗伯特对

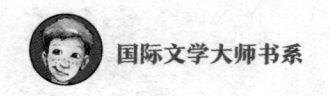

亨利说:"斯库特是真急了。换作是我的话,我都不知道该怎么办。"

"是呀。"亨利看看脚下的报纸说道,"天哪,怎么才能阻止小排骨偷报纸呢?明天下午之前,我必须得解决这个问题,可所有的办法我都试过了,不管用啊。"

"我有个主意。"罗伯特说,"它不是喜欢偷报纸吗?你得让它害怕报纸。用报纸打它,打几次它就明白了。"

"可以试试。"亨利说,"我担心这招对小排骨不管用。"

"可别打得太重了。"比苏斯在一旁用哀求的口气说。

这时,小排骨嘴里衔着一份旧报纸,穿过草地把报纸放在亨利脚边。亨利迅速捡起报纸,朝小排骨的脑袋上打了几下。打得不太重,不至于让它伤着,不过应该会让小排骨长点儿记性。谁知小排骨挺高兴,它假装生气,低吼了一声,然后一口咬住

报纸。亨利死抓着报纸不放,小排骨也咬着不放。小排骨越来越兴奋,一边摇着尾巴,一边咬着报纸,并发出呜呜的低吼声。亨利一使劲,终于把报纸拽了过来。

亨利拿起报纸又打了一下,他感觉这次打得不轻,可小排骨撒了欢地叫着、跳着。它一蹦,嘴巴咬到了报纸,狠狠一扯,又从亨利手中夺了回去,把报纸拖到一边,撕成了碎片。

"我说的没错吧?"亨利很无奈。偷报纸已经够糟的了,要是把报纸撕碎就更恶劣了。亨利仿佛看见整条克利基塔特街到处都是报纸碎片。要真是这样,斯库特会怎么做?不管怎么样,亨利都不敢想象。

第二天放学后,亨利和等在杉树下的小排骨用最快的速度跑回家。亨利换下校服,拿了几片面包,抹了点儿花生酱塞包里。在出门等斯库特之前,他不得不把小排骨锁在屋里。

过了一会儿,罗伯特也来到亨利家门口,问

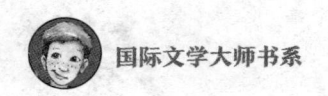

道:"有主意了吗?"

"没有。"亨利回答说,"我把小排骨锁在里面了,不过它不会一直乖乖待着的。"

正说着呢,小排骨出现在窗户边,它一只爪子搭在窗台上,另一只爪子不停地挠窗玻璃,嘴里还发出呜咽声。

"快走开!"亨利命令道。

小排骨又跑到前门,用爪子挠木门。哈金斯太太打开门对亨利说:"亨利,你必须把狗带出去,不能让它留在家里搞破坏。"

"好的,妈妈,"亨利转头对罗伯特说,"我说的没错吧?"

不一会儿,比苏斯和她的妹妹雷梦拉也来了。雷梦拉迅速拿起滋水枪滋了罗伯特一脸水,嘴里还叫着:"你死了!"

罗伯特用袖子擦擦脸说:"幼稚。我没说要和你玩儿,怎么会死呢?"

斯库特来了,背后拖着一捆报纸。他把报纸放在亨利家门前的路上,接着把地址清单交给亨利,说:"一定要记住,别把报纸扔到格林太太的花坛里。不管哪天送,都别把报纸弄丢。我可不想接到顾客投诉。"

"不会的,放心吧。"亨利说,不过语气听起来可没什么把握。

斯库特说完就走了。雷梦拉朝他背后"开了一枪"。比苏斯对亨利说:"来吧,我们帮你。"

三个大孩子一边卷着报纸,一边还得防着雷梦拉的滋水枪。亨利目不转睛地盯着雷梦拉,却把小排骨给忘了。一转眼的工夫,小排骨扯出一份报纸,把它撕成了碎片。

"小排骨!"亨利大声吼道,"快把报纸放下!"

不吼还不要紧,这一吼,小排骨撕得更凶了。亨利拽住报纸一角,小排骨也不松口。

这时,雷梦拉举起她的滋水枪瞄准小排骨,一股水柱喷出来,打中了小排骨的脸。"你死了!"

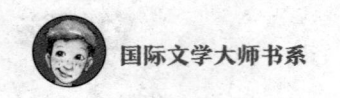

雷梦拉高兴极了。小排骨扔下报纸,后退了几步。它看起来很困惑,抖了抖身上的水。

"喂!你们看到了吗?"亨利兴奋地跳了起来,差点儿没被报纸绊倒。"小排骨把报纸放下了!雷梦拉的滋水枪让它害怕了。再滋一次,雷梦拉。"

"不要。"雷梦拉说。

"快嘛,再滋一次。"亨利试图说服她,"比苏斯,让她再滋一次。刚才那一枪好像起作用了。"

"不!"雷梦拉还是不愿意。

斯库特沿街骑着自行车来到他们面前,问道:"开始送报纸了吗?"

"马上。"亨利说,"你别急,不会有问题的。"

"最好别有问题。"斯库特凶巴巴地说完就骑着车走了。没骑多远,他又转头喊道:"你们最好现在就出发。"

亨利回屋找到了自己的塑料滋水枪，在厨房装满水，又来到屋外。他朝小排骨扔了一份报纸，小排骨刚把报纸捡起来，亨利水枪里的"弹药"就打到它脸上。小排骨放下报纸，躲得远远的。它抖抖身上的水，脸上还是那副困惑的表情，仿佛还有些害羞。

"起作用了！"亨利叫道，"滋水枪起作用了！小排骨不会再捣乱了。"他跑回屋里，把军用水壶灌满水，这样就不用担心滋水枪没"弹药"了。比苏斯和罗伯特把报纸卷起来，放进一个帆布包里。亨利把包挂在肩膀上，才感到这些报纸比他想象的沉多了。"咱们快走吧。"亨利对他们说。

这时候，比苏斯已经把雷梦拉的滋水枪拿在了自己手上，并对亨利说："我帮你看着小排骨。"

亨利按照清单顺序，把一份报纸扔到第一家的草地上。小排骨又蹦着要去捡报纸。说时迟那时快，亨利和比苏斯一齐"开枪"，两股水柱正中小排骨。小排骨一惊，虽然不高兴，也只能抖抖身上的水，悻悻地往后退了几步。等到亨利再次把报纸扔过去时，小排骨战战兢兢地朝报纸走去，刚要去捡，比苏斯和亨利就"开枪"了。这一次，比苏斯把滋水枪放在腰间，打得很准。

"你死了！"雷梦拉指着小排骨叫道。小排

骨似乎也明白了，要再对报纸动什么心思，它还会"挨枪子"。

亨利第三次把报纸扔出去的时候，小排骨没有任何反应，它正在灌木丛那儿东嗅西闻呢，连眼皮都没抬。

"这才是我的好狗狗嘛。"亨利说完，准备弯下腰拍拍他的狗。不料，帆布包里的报纸太重了，差点儿把他压趴下。

看着摇着尾巴的小排骨，亨利骄傲地说："真是我的乖狗狗。"

几个小家伙总算把报纸送完了，一路上非常顺利。亨利刚回到家，就发现斯库特在门口台阶上等他们。"你的小破狗撕坏了多少报纸啊？"斯库特问道。

"它不是小破狗！它一张报纸都没撕！"亨利骄傲地说，"它碰都不会碰，瞧！"亨利朝小排骨跟前扔了一份报纸。小排骨就跟没看见似的，头转到了另一边。

"今天的报纸都顺利送到了该送的地方。我觉得我干得不错,"亨利忍不住自夸了一番,"今晚不会有任何顾客投诉的。"

"没错。"比苏斯附和道,"我和亨利检查了清单上的每一个地址,不会有问题的。"

斯库特腿一抬跨上了他的自行车。

"你不在的时候,我能替你送报纸了,对吧?"亨利满脑子都是他的"买车小金库"。既然小排骨不捣乱,那这钱算是稳赚了。

"当然。"斯库特说,"你没有自行车,只能走路去送报纸。如果你不觉得太累的话,我也没什么意见。"

"你就等着瞧吧。"亨利坚定地说,"我跟你打赌,我很快就会有自行车的,很快!"

"哼!"斯库特不屑一顾地蹬着自行车走了。

"你死了!"雷梦拉大声叫道,手里的滋水枪对准斯库特,差点儿滋到他。

第四章
"停好了"狗

一个星期五的下午,亨利饿极了,一回到家就想吃点儿东西垫垫肚子。他拿了片面包,在上面抹了点花生酱和草莓酱,狼吞虎咽地咬了一口。这时门铃响了。

"快进来,比苏斯。"亨利听到妈妈说话的声音。

亨利高举着面包来到客厅,歪头舔着顺着手臂流下来的酱料。比苏斯和雷梦拉手里各拿一颗啃得

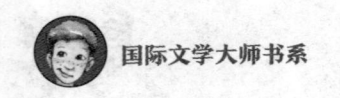

只剩一半的紫甘蓝菜心,她们觉得在别人面前吃东西很不礼貌,没有继续吃。

比苏斯递给亨利一张纸,是从报纸上剪下来的广告,对他说,"我觉得你可能会对这个感兴趣。"

简报上的标题写着——小朋友专属的自行车:明天将举行丢失的自行车拍卖活动。

亨利快速读了一遍,上面写着:嘿,好运来了!刚过去的这一年,警察叔叔找到了很多丢失的自行车,足有好几百辆,明早十点整,我们将在警察局拍卖这些自行车。不见不散!

这可是个千载难逢的好机会。"嘿,妈妈,快看!拍卖就是有人把东西拿出来,想为这个东西付多少钱,大家都可以说,出价最高的就能买走这个东西。我说得对吧?"

"你说得对。"哈金斯太太边看剪报边回答说。

"太好了!我攒了四美元十四美分,用这笔

钱肯定能买到一辆自行车。"亨利想象着几百辆的自行车何其壮观，其中一辆就是为他准备的。到时候，他就可以在斯库特面前显摆了。

哈金斯太太不以为然地说："我不太确定。毕竟，如果你丢了一辆车，你会想方设法找回来。这些自行车没人认领，肯定有原因。"

"没错。"亨利同意妈妈的话。他觉得有些孩子家境很好，有很多辆自行车，丢了一辆也不心疼，警察局的那些车肯定是这些孩子丢的。他接着说："妈妈，我明天能去试试吗？"

"当然，去试试吧，不要紧的，"哈金斯太太回答说，"如果你没买到车，也不要太伤心。"

"我能和你一起去吗，亨利？"比苏斯问道。

"这个嘛……"亨利并不愿意和比苏斯一起去，觉得她是个累赘。他想早早就出发，去仔细看看那些车。如果能买到一辆还不错的，那过几个星期他就能骑着去参加玫瑰节游行，好好风光风光了。

"当然可以呀，比苏斯，"哈金斯太太说，"亨利会很高兴的。"

"到警察局可是很远啊，雷梦拉能走吗？"亨利找借口推辞。

"没问题，雷梦拉不会累。"比苏斯说，"我爸爸说他很希望有时候她能歇一歇，但是她从来不知道累。走吧，雷梦拉。明早见，亨利。"说完，两个女孩啃着手里的紫甘蓝回家去了。

"妈妈！你为什么要答应她呢？我可不想带着两个累赘，要去一早上呢！"亨利说。

"听着，亨利，"妈妈很认真地说，"比苏斯很善良，她专门来咱们家把拍卖的消息告诉你。我觉得你应该带着她一起去。你会很乐意的，对吗？"

"那好吧。"亨利咕哝了一声。

"怎么了，亨利？你和比苏斯之前不是玩得挺好嘛。你不喜欢她了吗？"

"她是不错，只是……她是个女孩。"亨利也

就随口一说。他心想，第二天即将到手的自行车，一定是一辆闪闪发亮的红色自行车。也许比苏斯会把今天的事忘了，那他就可以一个人去了。

第二天，刚吃过早餐，亨利就发现比苏斯姐妹俩已经在门口等他了。亨利和小排骨在前，比苏斯在后，一齐往外走。可雷梦拉待在门口一动不动，比苏斯只好又折回来。她绕了一个圈走到妹妹后面，雷梦拉这才迈开腿和姐姐一起向前走。

比苏斯解释道："她在假装自己是一个需要上发条的玩具，不上发条就不会动。我刚才忘了给她上发条了。"

亨利叹了口气。雷梦拉的脑子里都在想什么呢，真蠢。亨利想尽可能地走在她们前面，免得让别人觉得他们是一伙儿的。小排骨紧紧跟在亨利后面。

"亨利，你等等我们。"比苏斯说，"你妈妈说我们可以和你一起去。你如果不等我们，我就去你妈妈那里告状。"

"好吧，好吧，你们走快点啊。"亨利没好气地说。他着急想看看那辆红色的自行车，晚了可就被别人盯上了。

雷梦拉突然停住不走了。比苏斯又给她上了发条，她们才继续往前走。

女孩真是讨厌！亨利心烦极了，觉得这都半天了才走了三个街区。看到几个男孩也在朝同一个方向走，亨利怀疑他们也是去参加拍卖会的，所以加快了步伐。

这时，亨利看到妈妈的朋友维塞尔太太正朝他走过来。他希望维塞尔太太别拦着他聊太久，因为他看到街对面又有三个男孩朝警察局走去。

"瞧瞧，这不是亨利吗？"她大声说道，"还有比苏斯呢。"

"你好，维塞尔太太。"亨利和比苏斯礼貌地打了个招呼。

"乖乖，看看我们的亨利，都长那么高了！越来越像你爸爸了。我昨天还和你妈妈说呢，每次见

到你都觉得你长得更像爸爸了呢。"

又有一个男孩快步走过,难道城里的男孩都要去拍卖会吗?亨利心里想着,很得体地朝维塞尔太太笑笑,眼神却很不安地朝警察局的方向张望。肯定没戏了,等他到那儿,最好的自行车都被挑走了。也许还能买到一辆旧一些的,只要上点儿漆就行。离玫瑰节游行还早呢,他有足够的时间把车修好。他很着急,不过不想让维塞尔太太看出来,所以稳了稳心神。

"他长得越发像爸爸了。你是不是也这么觉得?"维塞尔太太问比苏斯。

"好像是吧。"比苏斯回答道。她也注意到男孩们都在朝警察局的方向走,觉得自己该说点什么,为亨利解解围。"尤其是头发支棱起来的样子,太像了。"比苏斯又补充了一句。

亨利嫌弃地看了她一眼。

"这是小排骨吗?"维塞尔太太问,"这狗狗可真漂亮。"

小排骨坐下来,抬起爪子挠了挠,后腿很不耐烦地拍着人行道的地面。

"这一定是雷梦拉吧。你好吗,小宝贝?"

雷梦拉一声不吭。

"你的裙子好漂亮啊,"维塞尔太太说,"还有个口袋呢。你口袋里有东西吗?"

"有。"雷梦拉说。

"真是太可爱了?"维塞尔太太对比苏斯说,"宝贝,你的小口袋里有什么呢?"

雷梦拉把手伸进口袋,拽出一只肥嘟嘟的、黏糊糊的鼻涕虫,把它放到了维塞尔太太面前。

"哦!"维塞尔太太吸了一口凉气,"哦!"

"雷梦拉,快把那东西扔了。"比苏斯命令道。

亨利忍不住偷笑。维塞尔太太似乎被吓到了。

"孩子们……我得走了。"维塞尔太太说。

"再见,维塞尔太太。"比苏斯和亨利跟她道别。等雷梦拉把鼻涕虫塞回口袋,比苏斯给她上了

发条后，一行人继续向前走。

　　走到格林伍德购物区，亨利心想，雷梦拉也不完全是累赘。这时，雷梦拉站在超市门口不走了，郑重其事地对大家说："我饿了。"

　　"咱们继续走吧，雷梦拉。"比苏斯想哄她快

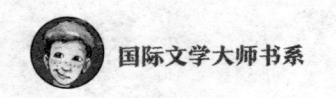

走，"我们可着急了。"

"我饿了。"雷梦拉重复了一遍。

亨利嘴里嘟囔了一声。他知道，必须让雷梦拉吃点儿什么，否则她肯定走不了。她就是那样的小女孩。

"我有二十五美分，"比苏斯说，"我去给她买点儿吃的。"

"好吧。"亨利虽不情愿，也只好同意。"我也去买点吃的。"刚想进超市，亨利看到门上贴的告示，上面说宠物狗不能进入食品区。

"就地躺下。"亨利命令小排骨，然后自己进了旋转门。

等旋转门转了一圈后，小排骨也跟了进来。"不好意思，小朋友，"一个店员对亨利说，"你得把你的狗带到外面去。"

"快出去！"亨利对小排骨说。小排骨不但没出去，还坐了下来。"快出去，老伙计！"亨利说着用手拽住小排骨的项圈，把它拖到了人行道上。

亨利快步回到超市。正在他考虑买一袋芝士薯片还是买一盒无花果酥时，店员又对他说："小朋友，我记得告诉过你，要把狗带出去。"

亨利又一次把小排骨拽到外面。这一回，他从口袋里掏出一根很粗的拴狗绳，一头拴住小排骨的项圈，另一头紧紧拴在了路边的停车计时器上。"不许咬绳子。"亨利说完转身进了超市。他心急火燎，快速拿了芝士薯片，站到比苏斯后面，排队等着结账。

终于结完账了，他们走出超市，来到人行道上，发现小排骨正咬绳子呢，忙得不可开交。正抬腿要走，比苏斯又停了下来。只见她打开刚买的动物饼干，拿出几块狮子形状的，因为雷梦拉要把所有的狮子饼干先吃掉。亨利算是明白了，带着两个女孩，哪儿都去不了。等他到那儿，也许勉强还能买到一辆不错的车，坏了几根辐条也谢天谢地了。

"嘿，亨利！"是罗伯特在喊。

亨利正在给小排骨解绳子呢，抬头看到斯库特

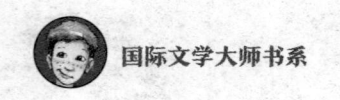

正骑着车沿着人行道过来了,罗伯特也一路小跑来到他旁边。

"让我猜猜,你们这是要去拍卖会吧?"斯库特问道。"我们只是去看看。"亨利回了一句。

"小排骨的项圈下面有张纸。"罗伯特说。

"什么纸?"亨利仔细一看,小排骨的项圈下面果然别着一张纸条。亨利把它拿出来展开,其他孩子也围了过来。

斯库特是第一个看明白的,他大笑道:"这是张违规停车的罚单。小排骨被贴罚单了!"

孩子们一阵哄笑。"你们别傻了,"亨利说,"狗怎么可能被贴罚单呢,这谁不知道。"

"那肯定是张罚单,"斯库特说,"看到了吗?最上面一行写的是'交通违规通知单',违规的意思就是小排骨做错事情了,懂了吗?"

"你付钱了吗?有没有把一分钱硬币塞到停车计时器里?"罗伯特问道。

"对啊,你把狗停在这里的时候,有没有缴

费?"斯库特边笑边说。

"把狗拴在路边也要缴费?我可从来没听说过。"亨利看了看路边的停车计时器。"你们看见了吗?计时器的红灯没亮,之前在这里停车的人付过钱了,还有十六分钟呢。"

"也许之前这里停了一辆车,你又把小排骨停在这儿了,这就叫并排停车,"斯库特忍不住大笑起来。

比苏斯又拿了一块狮子饼干给雷梦拉:"狮子都吃完了,现在得吃骆驼了。"接着她对亨利说:"也许是弄错了。"

"怎么会弄错?"斯库特说道,"这张罚单是不是在小排骨的项圈下面?"他又看了看罚单说:"看到没?上面说你违反了交通规则。警察还把你违反的规定的编号都写上去了。这我知道,我爸挨罚单的时候跟我解释过。也许停狗的费用更高。"

"也许小排骨会去坐牢呢。"罗伯特故作神秘地说。

"不会的,"亨利说,"从没听过把车拉去坐牢的。狗也一样。"

"这也对。"斯库特附和道,然后笑着说,"也许你会去坐牢呢。"

"警察会来抓你吗,亨利?"比苏斯不安地问。

"我也不知道,我想罚款是肯定得交的。"亨利把罚单揣进口袋。

"我爸认识一个人。"罗伯特说,"也许他能帮上忙。"

"不用了。我会用我买车的钱交罚款,"亨利说,"喂,斯库特,你爸爸上次的罚单交了多少钱?"

"好像是一美元吧,"斯库特说,"不对,应该是两美元。"

得从"买车小金库"里拿出一美元,也许是两美元,加上买芝士薯片的钱。亨利盘算着,"买车小金库"里现在有四美元十四美分,减去罚款的钱

和买薯片的钱,应该还剩两美元四美分。这就是一会儿用来买车的钱。不过前提是,他们能及时赶到拍卖会,而且到的时候还有车没拍卖出去。也许能搞到一副结实一点儿的车架,再从其他地方弄两个轮子,然后装上去就可以了。

"你可以去警察局问问。"比苏斯建议道。

对呀,为什么之前没想到呢?"嘿,快走吧,伙伴们。"亨利对大家说。狗绳也不用解了,小排骨已经咬断了。

斯库特慢慢地骑着自行车在一旁跟着,其他孩子在后面一路向前跑,连雷梦拉都在跑,她已经吃掉了所有的狮子饼干,发条都不用上了。

亨利满脑子想的都是罚单。把小排骨留在超市外面有什么错?又不能带它进去,只能把它拴在外面啊。如果不拴,它就会跑,这是肯定的。要是跑了,麻烦就更大了。一定是这样的。去拍卖会之前,要先去警察局一趟,得把这件事搞清楚。

转过最后一个街角,终于来到了格林伍德警察

局。"哇!"亨利叫了一声。大楼门前的台阶上挤满了小孩,警察局一旁的车道上也站满了小朋友、大人和狗狗。还有一些孩子骑坐在隔开警察局车道和住宅楼的栅栏上。街道上塞满了汽车,越来越多的小孩从车上下来涌入警察局。

"我跟你去问罚单的事吧。"比苏斯对亨利说。斯库特和罗伯特决定去栅栏那儿找个位置。

亨利好不容易挤过人群来到台阶上,他看到一个警官正堵着门。"请到一旁排队,小朋友,"这位警官对亨利说,"参加拍卖要去车道排队,警察局禁止入内。"

"我想请问一下……"亨利的话才说了一半。

警官便命令道:"各位,不得入内,请离开!"

"但是……"亨利结结巴巴地说。

"抱歉!"警官说。

"快走吧。"比苏斯拉了拉亨利的袖子,"拍卖已经开始了,我们等拍卖结束后再问。"

"不问清楚,怎么知道能花多少钱?"亨利跟在比苏斯后面抱怨道。亨利走到车道旁,开始费劲地挤过人群。他想也许能绕到后门,找警官问问罚单的事。

"喂,别挤了!"一个男孩大声说道。

"是啊,别挤了!我们先来的。"另一个说,"你以为你是谁啊?"

"来不及去后门了,这里应该可以找到其他警官。"亨利开始担心了,他已经听到了主持人的声音,自行车拍卖已经开始了。

周围很吵,亨利隐隐约约听到一句:"这辆自行车有谁出价?"他得快点儿把罚单的事情搞清楚,不然就只能回家,白来一趟。

"警官在那儿,"比苏斯叫道,"在栅栏边。"

亨利、两个女孩还有小排骨,费了好大力气才挤出人群来到警官身边。

亨利不知道怎么和警官搭话,他战战兢兢地

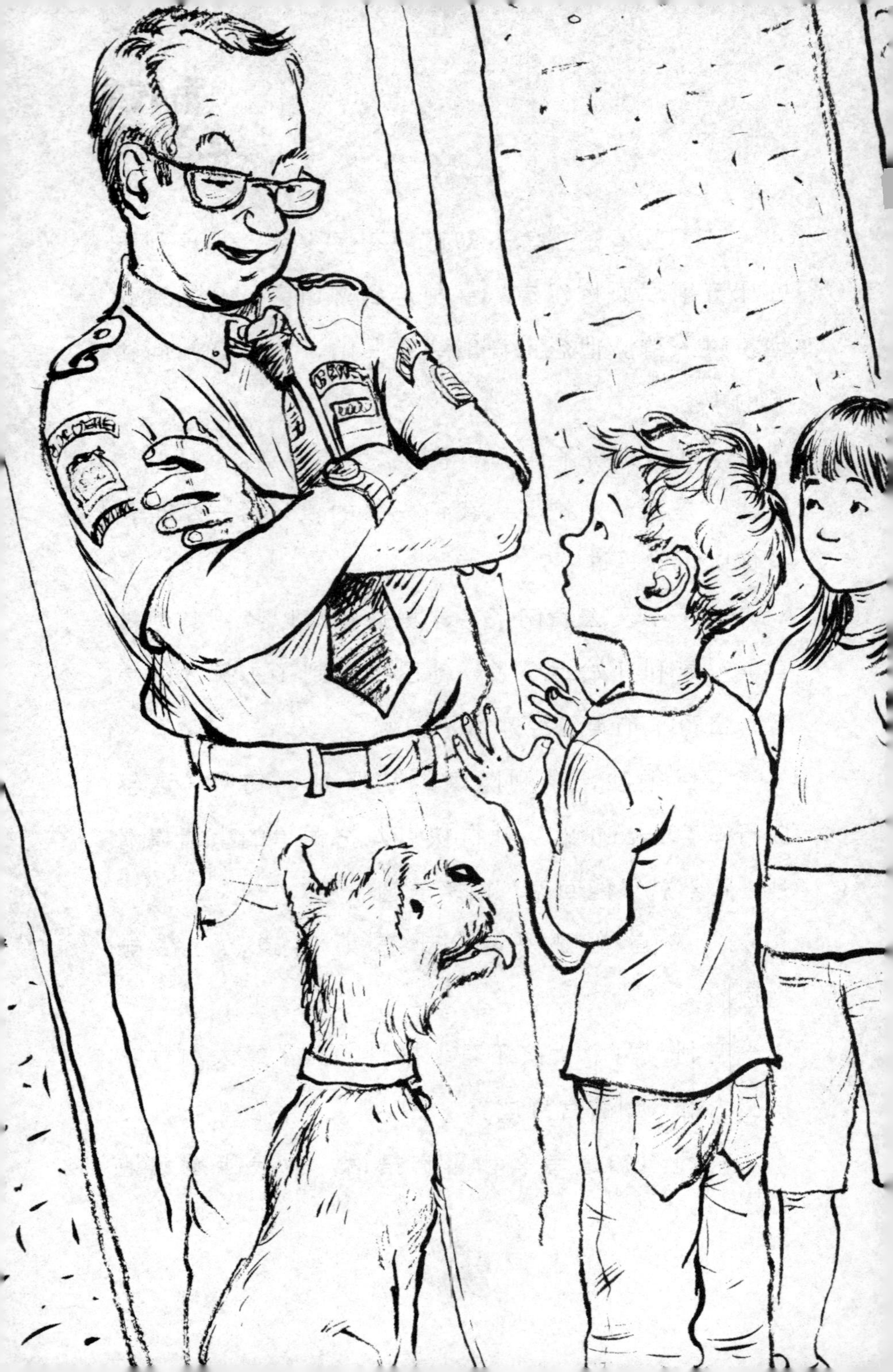

说:"呃……警官……先生……"

"好了,孩子们,快从栅栏上下来。"警官命令道。

警官在忙着把调皮的男孩们从栅栏上赶下来,根本没有注意到他们。

拍卖还在继续,只听主持人大声说:"已卖出!"

亨利和比苏斯焦急地看了看对方。就在这时,又卖出去一辆。亨利终于提高嗓门喊道:"警官先生!"

这位警官还是没听到。

这时雷梦拉大步走到警官跟前，扯了扯他的裤子，大叫道："喂！"

警官吓了一跳，低头看见了雷梦拉，问："你好啊，小朋友。需要帮忙吗？"

"是的，"亨利壮了壮胆说，"呃……这是我的狗，小排骨。"

"你好，小排骨。"警官和小排骨打了个招呼，满脸疑惑。

小排骨坐下来，伸出右爪。警官也伸出手握了握。亨利很高兴，小排骨总算没有捣乱了，还挺会来事儿。

"它……呃……那什么，它挨了张罚单。"亨利说。

"它怎么了？"警官更加疑惑了。

亨利从口袋里拿出那张皱巴巴的罚单。"它挨了张罚单。"亨利又说了一遍，"我不明白，我没有并排停车，计时器里还有钱，也没有车停在那。"然后，亨利又把霍梦拉饿了、小排骨非要跟

他进超市的经过讲了一遍。

警官面带微笑看看罚单,而后禁不住大笑起来。其他警官也围过来,想知道他在笑什么。大家看了罚单后也都笑了。亨利感到局促不安,怀疑自己是不是说错了什么。

"小朋友,你知不知道在停车计时器上拴任何东西都是违法的?"警官问道。

原来是这样!"我真不知道,警官先生。"亨利礼貌地回答道,"我用了一根很细的绳子,不是那种粗麻绳。"

这位警官笑着把罚单装进自己的口袋,然后拍了拍亨利的脑袋说:"既然你不知道这项法律,那我看看能帮你做点什么,不过下次你得把狗停到其他地方。"

"太谢谢您了,"亨利满怀感激地说,"太谢谢您了。"小排骨也伸出了一只爪子表示感谢。

真是虚惊一场!亨利终于可以踏踏实实地出价买自行车了。他有四美元十四美分,可以好好选辆自行车。哦,不对,是丏美元四美分。他花十美分买了袋芝士薯片,差点儿给忘了。"快走吧,比苏斯。"亨利说,"咱们挤进去,就可以出价了。"

第五章
比苏斯出价了

亨利、小排骨和两个女孩拼命地往前挤。有时候能前进半米,有时候也就几厘米,绝大多数时候只能站着不动。亨利觉得脚指头被很多人高马大的大人踩了。吵闹声震耳欲聋,几乎听不清主持人在说什么。"七号自行车,有谁出价?"主持人喊道。

亨利拼命往上跳,想看看自行车长啥样。

"别跳了,你踩到我脚指头了。"亨利后面的

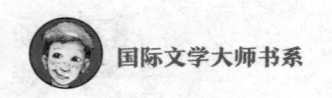

男孩说。

小排骨叫了一声。"你踩到它的尾巴了,看着点儿。"亨利对另一个男孩说。亨利不知道该怎么出价,是该从五十美分起呢,还是四美元四美分一次全出了?如果没人出更高的价,自行车就是他的了。

"我饿了。"雷梦拉叫道。

比苏斯在饼干盒里翻了半天:"给,大象的。狮子的和骆驼的你全吃完了。"

"不要!"雷梦拉尖叫起来,"我不喜欢大象。"

亨利心烦意乱,对雷梦拉说:"别傻了,所有的动物饼干都是一个味道。"他现在只想安安静静地参加拍卖会。

"我说了,我不喜欢大象!"雷梦拉再次尖叫起来,都快哭了。

"别哭别哭。"比苏斯把手伸进盒子里翻了翻,"猴子的,可以吗?"雷梦拉吃了猴子饼干,

终于不闹了。亨利舒了一口气。

好像每个人都在摇手,拼命地冲着主持人喊着各种各样的数字。

"两美元!"亨利后面的男孩喊道。

"十美元!"前面的一个人喊道。

"一美分!"一个小女孩大声叫道。

"一百万!"斯库特坐在栅栏上,怪声怪气地叫了一声。

"两百万!"另一个也跟着起哄。

"安静!"主持人吆喝了一声,用手帕擦擦脸,"我干这行二十年了,还没见过今天这样的场面。今天有五十辆车要卖,时间有限,我可没工夫听你们起哄。好了,说正经的,这辆车,有人出价吗?栅栏那儿的男孩喊价一美元……一美元二十五美分……一美元五十美分,穿红卫衣的男孩喊价两美元……五美元。五美元一次,五美元两次……有人出六美元。"

怎么只有五十辆车?报纸上说的可是一百辆

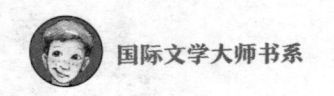

车啊！对亨利来说，买到车的可能性似乎越来越小了。

"一百万。"斯库特又开始起哄了。

主持人瞪了他一眼，接着说道："六美元一次……六美元两次……成交！七号车以六美元的价格卖给穿绿色卫衣的那个男孩。"

"切，那辆车也不咋样，"亨利听到有人说，"只有一个轱辘。"

只有一个轮子还卖了六美元！"那两个轮子的要卖多少钱啊？"亨利对比苏斯说。

"没事，也许有钱的买到车就回家了，没钱的小朋友还有机会呢。"比苏斯安慰他说。

"对，再等等看，"亨利说。看到主持人这一次居然举起一辆婴儿学步车时，亨利惊得嘴巴张得老大。报纸上也没说会有婴儿车呀。

"别闹了，雷梦拉。"比苏斯说，"我知道你想回家，等亨利买到车，我们就可以回家了，很快。"

雷梦拉又开始用小拳头锤小排骨的背。小排骨东看看，西瞅瞅，不过周围的人实在太多了，挤得满满当当，想跑都跑不开。

"别打了，雷梦拉。"亨利命令道。

这个时候，一个站在后面的陌生阿姨对雷梦拉说："不能这样，小宝宝，不能打狗狗的，要爱护狗狗。"

雷梦拉盯着那位阿姨看了一会儿，突然双手搂住小排骨的脖子，使劲往自己怀里抱。小排骨拼命想挣脱。

"嘿，你会勒着它的，快放开！"亨利不高兴地说。比苏斯费了好大劲才把她妹妹拉开。

"我想回家。"雷梦拉说。

"再等一会儿！"比苏斯有点儿生气地说。

亨利看到这架势，觉得必须得马上出价。如果雷梦拉非要回家，那他们只能回家。又一辆车被一个男孩以七美元六十四美分的价格买走了。一辆破三轮脚踏车都卖了一美元。一个男孩五美元买了

一辆，他和一帮朋友一起喊的价，人多声音也大，主持人就听到了。比苏斯后面的男孩都出到七美元了，可主持人没听到，没办法。

亨利明白了：那么多人又叫又闹的，还拼命挥着手，主持人也想快点儿把东西卖出去，只有声音大才能被听到，声音喊得大比出价高重要多了。

得想个办法让主持人听到自己的声音才行！亨利拼命往高了跳，看到下一辆车，是辆没车把的。这倒没关系，如果能买到，肯定能找到车把装上去。"我出一美元！"亨利大声喊道，这是他最大的声音了，不能更大了，可他的声音还是淹没在了周围的声浪里。

"我跟你一起喊。"比苏斯说。

"两美元！"他们一起喊，可主持人还是没听到。

就在这时，人群突然安静了片刻。雷梦拉的叫声传开了："我要吐了！"

站在她周围的人立马退开几步。小排骨终于得了空，坐下来开始挠痒痒。

"比苏斯，别傻站着，快去瞧瞧呀。"亨利很担心，怕出什么事。唉，刚想出办法，雷梦拉就不舒服，运气可真差。

只见比苏斯不慌不忙，递给雷梦拉一块动物饼干后，说："不用管她。"

站在亨利后面的女士拍拍比苏斯的肩膀，问道："要不要带你妹妹回家去呀？"

"没事的。她只要不高兴，就会说想吐。"比苏斯解释了一番，"来吧，亨利，我们一起喊。"

"我要吐了！"雷梦拉尖叫起来。

虽然又错过了一辆车，不过看到雷梦拉真的没事，亨利也就放下心来。刚才说话的那位女士可不这么认为。她又拍拍比苏斯的肩膀，说："我觉得你还是带她回家吧。也许她真的不舒服呢。"

比苏斯和亨利互相看了看，他们都很不高兴。雷梦拉在一旁窃笑。她总想要别人顺着她。她总是这样。

"跟我来吧，"女士对雷梦拉说，"人太多了，我带你出去吧。"

"真的，她没事的。"比苏斯有点儿不高兴地说，"她就是随口说说。"

"她真的没事,"亨利附和道,"她姐姐最了解她。"真得想个办法,不能让雷梦拉在这儿捣乱。

好心的女士似乎没有听到。"牵着我的手,小姑娘,"她态度坚决地说道,"快走吧,孩子们。"周围的人都看着雷梦拉,眼神里流露出一些不安。看到他们准备离开,人们都很自觉地让出一条路。

那位女士实在是过于热心了。费了那么大劲才挤到前面,亨利很不甘心。他不想现在就离开拍卖会,他觉得自己可以留下,让比苏斯和雷梦拉自己回去,这样就可以继续喊价了。但转念一想,妈妈说了,走到哪儿都必须带着比苏斯姐妹俩,所以不能让她们自己回去,要不然就等着挨妈妈训吧。

"请让我们过去一下。这个小姑娘不太舒服。"好心的女士边说边领着三人往外走。大家巴不得有人离开呢,很快就让出一条道。亨利极不情愿地跟在后面,不想这么早就走。

四人一狗终于走出人群来到了人行道上。"好了，小家伙们，"好心的女士语气轻快地说，"快回家找妈妈去吧，得让你妹妹躺到床上休息。"说完她就转身走回了人群中。

出来了，好吧。亨利气不打一处来，转身盯着雷梦拉说："看看你干的好事。在这儿连主持人的声音都听不到，还怎么喊价？"

"我要回家。"雷梦拉说。

"亨利要买自行车了，你不高兴吗？"比苏斯问道。

"不！"雷梦拉说。

比苏斯抓住她妹妹的手，厉声说："雷梦拉·格拉尔黛恩·昆比，你既然跟我们来，就必须听话！"

"没错，"亨利附和道，"老被你这个小屁孩儿捉弄，我受够了。"

比苏斯盯着雷梦拉继续说道："你要是不听话，我就……我就告诉妈妈，那次她出门以后，你想把猫咪塞在马桶里给它洗澡。妈妈不会轻饶你的！"

雷梦拉嘟着小嘴一言不发。三个小伙伴再次往人群里挤。他们已经精疲力尽了，小排骨的尾巴也耷拉了下来。亨利热得直冒汗，他觉得即使挤到前面也没用，还不知道雷梦拉会作什么妖呢！他们就沿着车道慢慢挪，一步步向警察局外围移动。

终于能听到主持人的声音了。无奈挡在他们前面的人太高了，即便主持人能听到他们的声音，也没办法看到他们，比苏斯和亨利试着喊了几次，但也没指望主持人能听到。

"要是罗伯特和斯库特在这儿就好了，"亨利说，"大家一起喊兴许能被听到。"

"他们俩在车道另一边呢。"比苏斯说，"我们是挤不过去的。"说完，比苏斯突然转身一看，倒吸了一口凉气："雷梦拉！雷梦拉去哪儿了？我找不着她了。"

"会不会回家去了？"亨利也四下寻找，可周

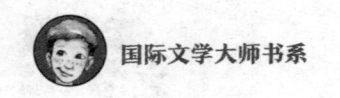

围都是人，目所能及也就半米的距离。

"一分钟前她还和小排骨在一起呢。"比苏斯开始害怕极了，"亨利，我为了留下来把她弄丢了，怎么向妈妈交代啊？"

"她肯定还在附近，这么多人，她走不远。"亨利心烦极了。一开始小排骨挨罚单，就是因为雷梦拉想吃东西。然后又因为她捣乱，被那位好心的女士领了出去。现在可好，他正要出价呢，她又走丢了。带女孩出来就是这样，只能怪自己活该。拍卖仍在继续，虽然满腹牢骚，但亨利还是不停地来回张望，希望能找着比苏斯的小妹妹。

"到底去哪儿了嘛？"比苏斯快急疯了，"会不会被人拐跑了？"

天哪，亨利的脑子嗡的一声。他可不想让比苏斯哭，麻烦已经够多了。他知道雷梦拉不可能走远，也不可能被人拐走，刚才装病，周围的人都认识她了。当务之急是在拍卖结束之前找到她。

"如果我们能挤到前面，可以请主持人叫一

下她的名字。"亨利建议道。当然，他也有自己的小心思，但并没有明说。到前面的话，喊价就会更方便。

亨利不停地向周围的人打听，有没有见到一个穿蓝色裙子的小女孩，可惜没人看见过。

"该怎么办啊，亨利？"比苏斯一边问，一边拼命地眨巴眼睛想把眼泪憋回去，"找不到她我就不回家，我一定要找到她，一定要。"

这时主持人的小木槌响了，他大声吼道："大家静一静！"人群安静了下来。"这里有个小女孩走丢了，是谁家的？"说着他把雷梦拉举了起来。雷梦拉脸上挂满泪花，手里还攥着鼻涕虫。

"我出一美元！"斯库特喊了一嗓子。

"安静！"主持人大声叫道。

"是雷梦拉！"比苏斯兴奋地叫道，"是我妹妹！"

"你能到台上接你妹妹吗？"主持人问道，"请大家给这位小姑娘让条路。"

国际文学大师书系

自行车之梦

亨利在心里盘算：嘿！机会来了。我跟比苏斯一块儿到前面去，这样主持人就能看到我，也许还能听到我喊价呢。前面的人都挪到一边，让比苏斯过去，亨利就跟在后面一起往前走。

"你干吗去？"亨利前面的大个子男孩质问道。

"我和她一起的。"亨利说。

"你不能到我前面。"另一个男孩说。

给比苏斯让开的通道开始慢慢关闭，能不能买到自行车就在此一举了，绝不能让机会溜走。亨利豁出去了，大叫道："比苏斯！看到好车一定要帮我出价，四美元四美分！"

"好的！"比苏斯隔着人群回答道。

拍卖继续，主持人一辆一辆地展示着要卖的车。亨利拼命往上跳，想看个究竟，还踩到了别人的脚指头，但他也顾不了那么多了。如果主持人能听到比苏斯喊的价，那车兴许就是自己的了。又有两辆车卖出去了，亨利越来越着急，就是听不到

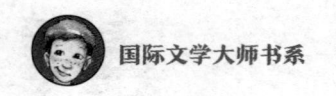

比苏斯喊"四美元四美分"。比苏斯都站到第一排了,她怎么还不喊价?到底怎么回事?

这时听到主持人宣布:"三十二号车以四美元四美分的价格卖出!买家是这位弄丢了妹妹的小姑娘。"

比苏斯出价了,她把车买下来了!

亨利兴高采烈地跳起来,想看看自己的自行车,可他什么也没看到。不要紧,反正车已经到手了,一辆属于自己的车!

拍卖会还在进行,亨利已经没心思看了,他只想看看自己的车到底长什么样,他希望是辆红色的车,还带着喇叭和车灯。人群开始慢慢散去,亨利和小排骨终于可以往前走了,比苏斯和雷梦拉就在前面等着他们呢。

比苏斯站在排队付钱的地方,看起来无比开心且兴奋:"亨利,我给你买到一辆很不错的车呢,有轮子,有车把,什么都有,在那儿堆着呢。我请那个叔叔把你的名字写在标签上了。"

亨利也排进队伍里,他迫不及待地想知道那堆车里哪一辆是自己的。这时罗伯特和斯库特也走了过来。

"罚单的事弄清楚了吗?"罗伯特问道。

"当然,自行车也买到了。"亨利满脸自豪的神情。

"是吗?"斯库特就是不相信亨利。

"那可不?我不会去坐牢的。"亨利把找警官的经过和罚单的事情讲了一遍。

"那车肯定不怎么样。"斯库特煞有介事地说道。

"才不呢,车棒极了,"比苏斯反驳道,"有两个轮子,什么都不缺。车当然不是新的,那又怎么样?车是好的就行。你就等着瞧吧。"

"没错,比苏斯说是好的就是好的。"亨利得意地说,"我会骑着它去参加玫瑰节游行,你就瞧好吧。"

队列慢慢向前移动。"我的车是三十二号。"

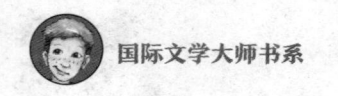

亨利对拍卖会的工作人员说道。可算是轮到他了。终于有自己的车了，来的时候还要跟着斯库特的自行车在人行道上一路小跑，这回可以骑着自己的车回家了。亨利数了数手里的四美元四美分，交给了收钱的叔叔。

"车肯定会有问题的，瞧着吧。"斯库特说道。

"不会的。"比苏斯说，"至少不会有大问题。"

拍卖会的工作人员费了不少劲，总算把亨利的车从一堆车里挑了出来。

看到那辆车，斯库特和罗伯特一阵狂笑，亨利则连连叹气。让一个女孩在拍卖会上出价，还能指望什么呢？没错，车的两个轮子和车把都在，可那是辆女式自行车。

第六章
二手自行车

亨利失望透了,他没想到会这样。玫瑰节游行算是泡汤了,他绝不会骑着女式自行车去参加游行的。

比苏斯说的也没错,自行车确实有两个轮子,也有车把。然而,其他很多东西都没有。轮胎没气,车架掉漆,辐条也少了几根,链条上没有润滑油,脚踏板一蹬起来就发出刺耳的声音,最严重的是座位和车把之间没有横杆。首先要解决的就是怎

国际文学大师书系

么加一根横杆，把它变成一辆男式自行车。其他的都是小问题，小修小补就可以解决，再上点儿漆，装饰一下，就可以骑着去参加活动了。

亨利叹了口气，推着自己的自行车准备回家。

"对不起，亨利。"比苏斯说，"在这辆之前卖出去的那几辆都太糟糕了，比起来，这辆真的很不错，没想到是辆女式自行车。"

"算了，没关系。"亨利自顾自地说道。这也不能怪比苏斯，女孩又不懂自行车。

"也许有个女孩买了一辆男式自行车，你可以和她交换呢。"比苏斯建议道。

亨利想了想说："问题就是，女孩可以骑男式车，男孩绝不会骑女式自行车。如果真有女孩买到了男式自行车，她肯定会留着。"亨利说完，默默地推着自行车走着。过了一会儿，他又说："我会想办法把它修好的，没关系。"

吃过午饭，亨利拿着妈妈给的钱去了趟玫瑰城车行，买了二十二根辐条。店里的叔叔跟他解释了

怎么把辐条装在轮子上。

亨利转身刚要离开，目光忽然被一辆闪闪发光的新车给吸引住了。这辆车有一副红色的车架和固定前灯，是那种比赛用的自行车。我的车要有这么漂亮就好了！亨利心想着。

一回到家，亨利就上后院开始捣鼓他的车。首先他把轮胎卸下，用钳子把坏掉的辐条取下来。然后他把新辐条的一头固定在花鼓的孔里，另一头插到车圈里。

亨利正在固定辐条的时候，比苏斯和雷梦拉过来了。比苏斯手里拿着指挥棒，雷梦拉在一旁蹬着一辆崭新的红色三轮车，辐条在阳光下闪闪发光。雷梦拉让两个轮子着地，把车斜靠在墙边，就像停两轮自行车一样。

"你的车看起来漂亮多了，亨利。"比苏斯说。她觉得买到这辆车是自己的错，所以特别希望亨利的车能变好。

亨利把轮胎装回到车圈上，说："是比之前好些了，但是还不够好。现在要想个办法把它变成男式自行车。"

还好它有脚撑，亨利一边想着，一边把车撑了起来。

他和比苏斯对着车仔细端详起来。"给我根铁管和一些焊接材料就好了，把铁管焊到车架上，就是一辆男式自行车了。可惜我不会焊。"

"找一根拖把把儿绑到上面更简单。"比苏斯说。

亨利皱了皱眉，觉得女孩的想法总是这么奇怪。不过也可以试试，反正没有其他更好的办法。"好吧，试试吧。"亨利说。

亨利从地下室里找出一根旧扫帚柄，仔细地测量了一下，在长出来的地方做了标记，然后把标好的部分锯了下来。亨利的口袋里正好有一条绳子，他把绳子一头绑在座位下面，另一头系到车把上。

亨利往后退了几步，看了看自己的"作品"。嗯，还可以更好一点。也许把车和木把涂成一个颜色，再骑快一点，就没人能看得出来了。

至于游行嘛，可以用玫瑰花、皱纹纸或者其他东西把木把儿挡住。

"看起来真不错，"比苏斯说着，用手指来回转着指挥棒，"完全可以骑着去参加玫瑰节游行了。"

"这个嘛……也许吧。"亨利只想把车先捯饬好，然后再去琢磨游行的事。去年他扮演耍蛇人，头上戴着用浴巾做成的头巾，脖子上挂着条"蛇"。那条蛇是他把东西塞在尼龙丝袜里做的。今年亨利已经过了年纪，不能再扮成这样走在队伍里了。因此，他决定要尽早把自行车修好。

亨利正在检查轮胎上有没有破洞，罗伯特从车道上走了过来。

"为什么要在车上绑一根扫帚棍子呢？"罗伯特明知故问。

亨利没有回答。罗伯特当然知道是为什么，他这是没话找话。

"别着急嘛,"比苏斯一边说,一边摆弄着手里的指挥棒,"等亨利给车上完漆就完全不一样了。他还要骑着这辆车去参加游行呢。"

"我可没说一定会去。"亨利不高兴地说。车检查完了,至少轮胎上没有洞,亨利算是松了口气。

"我打赌你肯定会去的。"比苏斯说完,把指挥棒往头顶上方一扔,这一次她没有接住。

"哈哈!"罗伯特幸灾乐祸地笑起来。亨利忙着摆弄自己的车呢,没看到发生了什么。

比苏斯把指挥棒捡起来,厉声说道:"你闭嘴!你别幸灾乐祸,等到游行那天,你就知道我的厉害了。妈妈还会给我做一套乐队指挥服呢。"

"只有两个星期了,"罗伯特弹了个响指,"你这还差得远呢,得抓紧练习才行。再说,哪有乐队给你指挥呢?"

"不需要乐队。"比苏斯边说边试着把手放到背后转指挥棒,又没接住,指挥棒掉到了草地上。

"我只是在游行队伍里边走边表演,玛丽会穿上玫瑰花蕾的服装,还会给帕奇做一个玫瑰花环,给它戴在脖子上。哦,对了,帕奇是玛丽的可卡犬。

"我会扮成长颈鹿的两条后腿,"罗伯特说,"一个住在三十三号街的哥们儿是前腿。"

"祝你们走到一半就散架。"比苏斯说。她在一个公园马戏团里扮过马身子的前半段,散架的场景还历历在目。

罗伯特对着自行车仔细查看了一番。亨利在逐一检查辐条,每一根都掰一掰,有一些已经紧了,有一些还是松的。"有辐条扳手就好了,"亨利嘟囔了一句,"还得把轮胎拆下来重新弄一下。"

"斯库特车上有个小工具箱,里面有辐条扳手,"罗伯特说,"我见他用过。辐条有一头不是要穿过轮圈嘛,那东西正好可以卡住,就可以拧紧了。"

"帮我看着雷梦拉。我去找斯库特,看能不能借来扳手。"比苏斯很热心,很想帮上点儿忙。

还没等亨利说话,她就一溜烟跑了。亨利不想借斯库特的扳手,他肯定会过来,对亨利的车品头论足一番。

"嘿,雷梦拉,别拽小排骨的耳朵!"亨利命令道,"你为什么不玩等公交车的游戏呢?"

一会儿工夫,比苏斯把扳手借来了。亨利拿上扳手开始调整辐条,他把两个轮圈所有的辐条都紧了一遍,检查再三,确保它们不会在骑行的时候松脱。

随后,亨利在车库里找到一个轮胎充气泵,对罗伯特喊道:"罗伯特,过来帮我一下。"一想到过一会儿就能骑自己的自行车了,亨利非常兴奋。亨利把气泵的橡胶气嘴对准轮圈上的气阀,两个男孩开始轮流给车轮打气。正在这时,斯库特走了过来。

"嗨!"亨利打了个招呼。斯库特不是很懂自行车吗,想听听他会说些什么。

斯库特笑着说:"那根扫帚棍子是怎么回事?

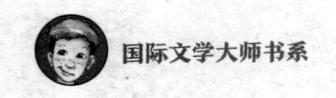

为什么绑在车架上？"

亨利本来就很在意那根扫帚棍子，就没理斯库特，继续给车轮充气。

斯库特绕着自行车上下左右仔细打量了一番。他按了按铃，闷声闷气的。他扭了扭座位，拽了拽链条，好像都没什么问题。在自行车这一块，斯库特确实是个行家。

亨利还在焦急地等待行家给出意见呢。辐条都装好了，亨利自认为他的车非常棒，当然除了那根扫帚棍子。又充了一会儿气，亨利停下来问道："怎么样？四美元四美分买的自行车，还不赖吧？"

斯库特摇了摇车把，捏了捏轮胎。

亨利有些不耐烦，接着说道："当然，还有一些工作要做，如上点儿漆什么的。"

斯库特不紧不慢，检查了固定前轮的前叉，又检查了固定后轮的后叉。

亨利心想，又开始显摆上了，都检查半天了，

怎么什么话都不说呢?

"这个……"斯库特终于开腔了,"我觉得哈,对你这个年龄的小朋友来说,这车够用。不过,你还得做大的修整,不然骑起来不安全。比如:要加个灯和后视镜,还得换个好点儿的铃铛。

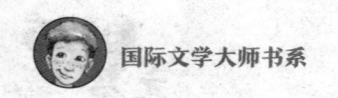

车把是松的，把套也得换。链罩肯定要装，前叉和后叉得校正，座位要紧一紧，右脚踏板要修，我看看还有什么……对了，轮胎的胎纹都磨没了。还有，那刹车的样子也太丑了，我不喜欢。"

亨利盯着自己的车，顿时没了心情。没有把套，铃铛是坏的，亨利都注意到了，斯库特说的其他问题，他根本没看出来。斯库特说说也就罢了，糟心的是，他说的那些一点儿没错。

亨利继续给轮胎打气。"好吧，我会一个一个地解决，慢慢来。"除了这个，亨利也没什么可说的。

"我说，亨利，"斯库特说，"我倒有个主意。如果你给车做些改装，我们俩就能在自行车环节拿到蓝带奖。"

"怎么改？"亨利问道。

"前轮拆了，把前叉装在我的后轮上，这样就能改成一辆双人自行车。你懂我的意思吧，我们把两个人骑的自行车，改成三个轱辘的三轮自行车，绝对独此一家。"

"这能行吗?"罗伯特觉得这主意不错。

"肯定能行!"斯库特说,"怎么样,亨利?"

听了斯库特的话,亨利也眼前一亮。不过,把自己的旧车连在斯库特的新车上,还要骑着去参加游行,他可丢不起这人。亨利尤其受不了斯库特的态度,便郑重地说:"不了,我有其他主意。"

"别呀,"斯库特说,"这主意不好吗?"

"主意是不错,"亨利不得不承认,"不过,我有自己的想法了。"

"什么想法?"罗伯特追问道。

"你是想骑着那辆车参加游行,我敢打赌。"斯库特说。

"你说对了,"亨利说,"你就瞧好吧。我会把它彻底修好,再用花和其他东西把它打扮得漂漂亮亮的,还有谁会看出它是从拍卖会上淘来的旧车?"

轮胎的气终于充满了。"骑上去跑一圈吧。"

斯库特说。

"没问题,就怕你觉得我不敢骑呢。"保险起见,亨利又用扳手拧了拧几根辐条。

亨利抬脚把自行车的脚撑蹬了起来。他紧张得有些口干舌燥,他知道一开始骑肯定会晃来晃去,不过他可不想在别人面前露怯。亨利把车推到车道上,一只脚踩上踏板,抬腿跨上座位。另一只脚刚踩到踏板,亨利就觉得不对了:踏板根本没发上劲儿,两只脚在那儿空蹬,车不往前走。因为车道是个斜坡,亨利骑着车慢慢向前滑,不过走得一点儿也不稳当,从路的一边晃到另一边。小排骨紧跟在后面,边跑边叫。

亨利听到身后传来的爆笑声,耳朵一阵发热。滑行中,亨利感到踏板突然又好了,终于可以蹬上劲了。不过亨利又发现了其他问题:车子不受控制,歪来歪去,颠簸得厉害,亨利坐在上面忽上忽下,就像骑着一匹受惊的马一样;链条没有链罩,边骑边嘎吱作响。亨利正在纳闷呢,突然看到前轮

自行车之梦

是变形的!不用看,后轮肯定也是一样的,因为他都能听到轮子摩擦挡泥板的声音。

比苏斯和两个男孩一边跟着亨利跑,一边狂笑不止。链条的嘎吱声突然停了,亨利的双脚在拼命地蹬,可车却不走,只是顺坡向下滑行着。

"快骑啊,小子!"斯库特叫道。只见车子左一下右一下,亨利拼命蹬踏板,想让链条重新工作。

车子要失控了。亨利急忙向后蹬踏板,想用脚刹把车子停下来。可车没停,踏板却开始不停地向后转。没办法,他只能用脚踩在地上,硬生生地把车停住了。

倒霉的是，亨利的牛仔裤卷到链条里去了，使他失去了平衡，摔倒在车道上，自行车还整个压到了他身上。

围观的几个人笑得更凶了。

亨利费了半天劲，终于把牛仔裤从链条里弄了出来，把车从身上搬开，站了起来。他拍拍身上的土，皱着眉头说："行了，别笑了，这一点儿也不好笑！"罗伯特和斯库特还是笑个不停，一边笑，还一边互相拍拍打打。

"那个脚刹……哈哈哈！"斯库特笑得话都说不出来。

"还有那两个轮子！"罗伯特尖声说道。

斯库特笑得更起劲了，边笑边说："那辐条是怎么弄的？谁帮你拧的？也不管是谁了，拧成那样，轮子不变形才怪呢。"

"我自己拧的。"亨利严肃地说，很有一人做事一人当的架势。他虽嘴上不认输，可还是担心刚才那一摔是否会伤到自己的骨头。亨利扶起车子，慢慢把车推上车道,看到比苏斯没有笑他,他心里好受了一些。

"你还要骑着它去参加游行?"斯库特问。

"不!"亨利冷冰冰地说。他把车推进车库,转身出来,关上了门。"这下你满意了吧,斯库特?"亨利怒气冲冲地说。

斯库特收起了嘲笑的表情,说道:"亨利,如果我帮你修好后轮,那就照我说的,把我的车和你的车连起来,一起去参加游行,怎么样?"

"不用了,谢谢你。"亨利说着拍了拍小排骨的脑袋。还是小排骨乖,至少还有它可以作伴。

"别这样嘛。"斯库特还想继续说服亨利。

"不!"亨利态度很坚决。

"好吧,随你便吧。"斯库特无奈地耸耸肩说,"走吧,罗伯特,去帮我拉一下报纸。"

两个男孩离开之后,亨利一下子瘫坐在台阶上。

比苏斯坐到他旁边,对他说:"我有个主意,

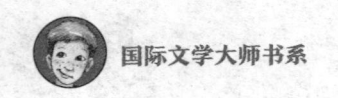

你可以穿着小丑的衣服，再骑上你的车，大家会以为你是故意搞笑呢。"

亨利伸手拔了根草，若有所思地说："不，还是算了。我会有办法的。"他把草叶含在嘴里一吹，发出了噼啪声。至少比苏斯没笑他，肯定会想出办法的。也许妈妈会给他做一套独特一点儿的服装，穿上去参加游行。不过，这样的话，自行车也派不上什么用场了。

比苏斯知道亨利想自己待会儿，她也该回家了，便和亨利告别。亨利一言不发，看着雷梦拉骑上那辆闪闪发光的三轮车走了，辐条在太阳下发出刺眼的亮光。

亨利依旧坐在台阶上，嘴里含着草叶，吹得噼啪作响。

哈金斯太太从屋子里走出来，坐到了亨利身边，对他说："我从窗户那儿看到了。"

亨利一言不发。是不是整条街都看到了？亨利想找个地缝钻进去。

"妈妈想跟你说声对不起,我和你爸爸没能给你买辆新车。"妈妈满怀歉意地说,"不过我觉得我们可以拿出二十块钱给你买辆二手的自行车。我们可以在报纸上的分类广告里找找,也许能找到一辆很不错的车呢。"

亨利叹了口气说:"谢谢了,妈妈。我想还是算了吧。要是买不了全新的,就不要了。"

哈金斯太太笑着说:"我明白。我在你那么大的时候,就想要双崭新的白色冰球鞋,但是我只能穿哥哥的旧冰球鞋。所以我能理解你的感受。"她轻轻地拍拍亨利的肩膀,转身进了屋。

不知为什么,亨利觉得挺高兴。他吹着嘴里的草叶,发出了口哨般的响声。亨利坐在台阶上,一会儿吹草叶,一会儿又吹起口哨,满脑子想着玫瑰城车行里卖的自行车,那辆闪闪发光的红色自行车。

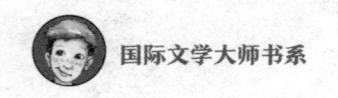

第七章
吃狗粮的男孩

接下来那个星期的星期五下午,放学回家的亨利带着小排骨故意绕了远路,想经过玫瑰城车行,去看看自己朝思暮想的那辆自行车,就是有红色赛车架和固定前灯的那辆。那辆车什么都好,就是太贵了,要卖五十九美元九十五美分呢。亨利就看中那辆车了,一有机会他就要去瞧瞧。

确定了自己想要的车还没卖出去,亨利继续往前走。他脑子里还在盘算着在玫瑰节游行上能做点

自行车之梦

儿什么。走到超市门口,亨利停下来看着街对面刚刚建好的科罗萨尔市场。市场可真大啊,覆盖了整个街区。亨利早听说了,这个市场里除了卖肉、菜和药之外,还有一个加油站、一个冷饮柜台、一个花摊、一家美容店,还有一家五金店。总之,你能想到的里面都有卖。

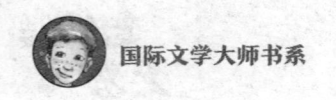

今天市场门口贴了张告示。亨利停下来仔细读了读，上面写着：

今晚

盛大开业

现代化一站式购物

豪华全新的科罗萨尔市场

已准备好为您服务

可免费领取二十五份入门奖券

还有二十五份体验券

对女士有免费栀子花赠送

对小朋友有免费气球赠送

更有现场娱乐节目

有那么多免费的东西。这可太好了，亨利心里想。他决定晚上叫上爸爸妈妈一起来逛逛。能领免费体验券呢，肯定很好玩儿。还有栀子花，妈妈应该会喜欢。

傍晚时分，亨利和爸爸妈妈加入了去逛新市

场的人群。亨利边走边想着游行节目的事。比苏斯也在，她妈妈因为要哄雷梦拉睡觉来不了，所以她和亨利一家一起来了。亨利给了小排骨一根很大的肉骨头，把它留在了家里的后院里。狗狗不能进超市，估计也进不了科罗萨尔市场。

科罗萨尔市场的前面支起了六个探照灯，射出的光柱直冲云霄，特别壮观。亨利看见罗伯特和斯库特正在和一个人说话，那个人是控制汽油发电机的师傅。他们一行人走进市场，每人领了一张入门奖券。大家把自己的名字写在奖券上，扔进一个桶里。一个穿蓝色泡泡裙的小姑娘给了哈金斯先生一盒刮胡刀片。另外一个穿红色泡泡裙的小姑娘给了哈金斯太太一朵栀子花。还有个"小丑"给亨利和比苏斯一人发了一个气球。

比苏斯问，能不能把她当成女士，她想要栀子花，不想要气球，小姑娘就递给比苏斯一朵栀子花。她拿起花，凑近鼻子，闭上眼睛使劲闻了闻。

"亨利，快闻闻。"比苏斯说，"你这辈子闻

过这么好闻的东西吗?"

亨利皱着鼻子随便闻了闻,说道:"还好吧。"说着他便摘下自己的毛线帽,把气球拴在上面的扣子上。亨利重新戴上帽子时,还用手扶了一下,好像气球飘起来会把他带走似的。

亨利和爸爸妈妈商量好八点三十分到市场的前门会合后,他和比苏斯便开始单独行动了。亨利对比苏斯说:"快走吧,咱们去尝尝免费的东西。"

比苏斯一边闻着手里的栀子花,一边跟在亨利后面。走了没多大一会儿,亨利不得不停下来。他拴气球的线缠在一位女士的外套扣子上了,得停下来解开。接下来的时间里,他们试吃了新鲜出炉的、热气腾腾的甜甜圈;喝了冰凉的橙汁;看到了多得难以想象的精选漫画,这辈子他们都没见过那么多的漫画书;为了看把甜菜和郁金香变成玫瑰花的表演,他们不得不忍痛割爱,放弃了品尝免费的营养蔬菜浓汤。然后,他们在科罗萨尔美容用品商店前停住了脚步,目不转睛地看着一个女士在做免费面膜。亨利觉得她挺逗的，头发裹在毛巾里，脸上还抹了油腻腻的东西。亨利无意间看到了镜子里的自己，他想也许可以在毛线帽上绑一个气球去参加游行。

"快看！"比苏斯抓住亨利的胳膊，指着远处的舞台对他说。舞台上有三个舞蹈学校的女孩正在跳踢踏舞。"快瞧！入门奖券的抽奖要开始了。舞台上就是玫瑰节女王和她的公主们。"

人群都朝舞台涌去。只听见主持人宣布，女王将从奖券桶里抽出第一张券，获奖者将得到一个白色的汽车轮胎，由科罗萨尔加油站赞助。

"可能会抽到你呢。"比苏斯说。

亨利不知道爸爸需不需要白色轮胎，家里汽车上的轮胎都是黑色的，所以即使没抽到自己也没关系。亨利待了一会儿就觉得没意思了，他前面的大人太多，根本看不见舞台。

"我们走吧，比苏斯。"亨利说，"我敢打赌大家都来看抽奖了，咱们去试吃免费的东西吧，现

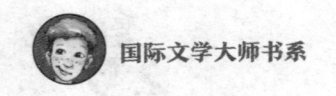

在人肯定很少。"

他们在试吃甜甜圈的地方看到了罗伯特和斯库特。"我已经吃了三个了，"斯库特说，"我们去别的地方看看吧。"

他们一起吃了番茄酱、土豆片、果酱和奶酪。不一会儿，亨利牛仔裤口袋里就塞满了各种试吃的东西，包括燕麦饼干和各式糖果。然后他们来到了汪汪狗粮的展示柜台。站在柜台后面的人把宣传单递给围观的小孩子，跟他们解释为什么狗狗吃了"汪汪狗粮"以后会叫得更欢。那是因为他们家的狗粮是纯瘦肉做的，还加了维生素呢。

"你们这儿不能试吃吗？"亨利问道。他想把狗粮拿回家给小排骨尝尝。

"不好意思，我们这里不能试吃。"那个人回答道，说完还打趣似的加了一句，"如果你想尝尝的话，我可以给你一罐。"

"不用了，谢谢。"亨利说。

"干吗不用啊，尝尝呗。"罗伯特说。

"我打赌你不敢。"斯库特嘲笑地说。

"谁说我不敢。"亨利说,"我只是不饿而已。"

"你胆子大,你先尝啊,"亨利说。

"胆小鬼才会这么说。"斯库特说。

在周围试吃的孩子们都围了过来,想听听他们俩在争什么。

"快去尝尝吧,"有人起哄说,"味道肯定不差。"

"大伙快来看啊,"一个男孩叫道,"他要吃狗粮了。"

"我才不吃呢。"亨利说,不过根本没人听他讲。那个卖狗粮的人从其他柜台借了一个开罐器。亨利心想,这下可惹大麻烦了,怎么这么倒霉!

那人把开罐器夹在了狗粮罐上。亨利看了看四周,想找个空溜走。但是周围都是小孩子,围了个水泄不通,根本没地方溜。他也不知道狗粮是什么味道,也许没那么糟。如果亨利吃了,这个消息会传遍学校的,大家会指着他说,快看,他就是吃狗粮的人。到时候他就"出名"了。

"亨利,"比苏斯悄悄对他说,"千万别吃。"

亨利看着狗粮罐被开罐器一点一点地打开,这可怎么办?他不想做吃狗粮的人,不管别人怎么看,他都不想吃。等那人把盖子打开后,亨利看着罐子里用纯瘦肉加维生素做成的狗粮,至少不是生的。他期望发生点儿什么,把大家的注意力都引开,这样他就不用吃了。

就在这时,抽奖活动主持人的声音从高音喇叭里传了出来:"亨利·哈金斯!"舞台周围的人都笑了。

"快听,那是我的名字!"亨利兴奋地喊道。同时,他也很困惑:大家笑什么呢?我的名字有那么好笑吗?

"哈金斯先生在吗?请你到台上领奖。"主持人说道。

原来叫的是爸爸,亨利心想。不过主持人肯定搞错了,爸爸的名字不叫亨利。

"亨利·哈金斯在吗?"主持人又问了一遍。

"亨利,快醒醒,"比苏斯说,"你得奖了。"

亨利看着那罐狗粮,猛地叫了一声:"在这呢!"人群闪开,给他让了条路。亨利擦擦脑门上的汗,心想刚才可真险啊,差点儿就要吃狗粮了。亨利真是高兴极了,什么奖都无所谓,只要能从汪汪狗粮那儿脱身就行,哪怕是得到一篮子蔬菜。

亨利爬上台阶来到了舞台上,台下的人笑得更凶了。亨利诧异地看看周围,想弄明白到底是什么那么可笑,可他什么都没看到。这时候,他想到头顶的帽子上还拴着气球,他们是觉得气球很可笑吧。

"你就是亨利·哈金斯喽。"主持人大声说道。

"是的,先生。"亨利回答道。听到自己的声音从喇叭里传出来,亨利也吓了一跳。这些人怎么

还在笑？帽子上绑个气球没那么好笑吧。

　　主持人手里有个信封。亨利满脸疑惑地看着他，想知道信封里装的是什么。到底是什么奖啊？亨利之前一直在狗粮柜台那儿，根本不知道舞台这边发生了什么事。

　　"亨利·哈金斯，我非常荣幸地通知你，你获得了科罗萨尔市场美容用品商店价值五十美元的体验券！"

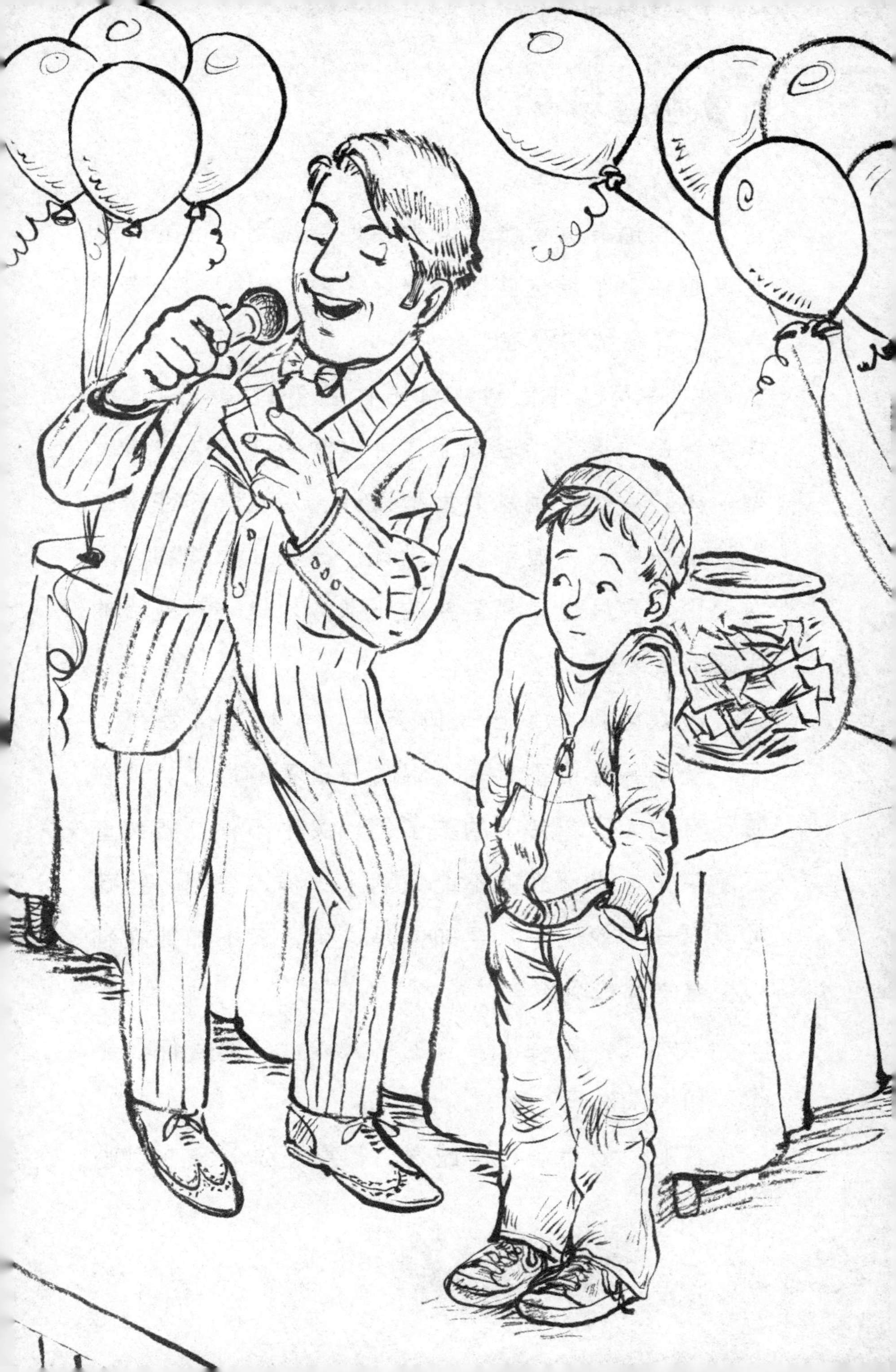

亨利惊得嘴巴张得老大,他感觉到自己的耳朵越来越热。眼前这些人都涨红了脸,他们的笑声把亨利的耳朵都快震聋了。

主持人打开信封,拿出体验券说道:"这些体验券都归这个年轻人了,可以做两次永久波浪发型,体验六次特别魅力发型设计、六次营养蓬松香波洗发、六次大波浪发型设计、三次面部美容、六次美甲,最后也是最重要的一张券,是一对免费的假睫毛安装体验券!"

观众随即爆发出一阵笑声。亨利觉得丢死人了,羞得头都抬不起来,眼睛一直看着地上。现在麻烦真的大了。台下的孩子们也笑个不停,腰都直不起来了。为什么就不能像别人一样,得到一篮蔬菜或者一个轮胎呢?早知道是这个,还不如待在狗粮柜台吃狗粮呢。

"那么,年轻人,"主持人说,"你有什么感想要和大家说吗?"

"呃,我想说……谢谢。"亨利说。又在喇叭里听到自己的声音了,亨利简直厌恶到了极点。

主持人把信封塞到亨利手里,拍拍他的肩膀,大声说道:"拿好这些奖券,你简直是太幸运了,年轻人!"

亨利跟跟跄跄地走下舞台。斯库特第一时间跑了过来,劈头盖脸地问道:"你什么时候去做那个魅力发型设计啊?什么时候去安假睫毛呢?"

"我敢打赌……"罗伯特大笑着说,"你肯定会是格林伍德学校里最漂亮的男生。"

"哟嚯,亨利!加油,亨利!"一群不认识的男孩也在一旁起哄。

斯库特倚着一个放罐头食品的货架,大笑着说:"你准备怎么打扮你的头发啊,帅哥?"

亨利的耳朵热得都要着火了。"这一点儿也不好笑!"他厉声说道。

"没错,"斯库特轻蔑地说,"你顶着一头时尚发型,戴着假睫毛更好笑,我怎么能比得上你呢?"

"你讲的笑话可真有意思,我终于听懂了。"亨利冷冷地说。

"嗨,帅哥,"一个陌生男孩冲着亨利叫道,"营养蓬松香波洗发怎么样啊?"

"无聊。"亨利说。

"你去弄个永久波浪发型吧,肯定可爱极了。"另一个男孩说。

亨利瞪着这些人,想走开,但是围的人太多了。老天啊,要怎么才能摆脱这些人呢?

"喂,这不是那个要吃狗粮的男孩吗?"亨利听到有人在说。

亨利有主意了,说道:"让一让,那个卖狗粮的人呢?我要去找他。"

"你不会是要去品尝狗粮吧?"罗伯特问道。

亨利从他旁边经过,对他说:"当然,我要去尝尝。"说完就径直走向狗粮柜台,真有点儿英勇就义的架势呢。亨利心想,只要让大家忘了得奖的事儿,做什么都可以。孩子们一窝蜂地跟在后面,来到狗粮柜台前。

"我没想到你还会回来。"卖狗粮的人说,说完就递给亨利一罐狗粮,还有一支木勺。

亨利把木勺插进狗粮里,屏住了呼吸,然后快速地挖了一勺放进嘴里,嚼都没嚼就吞了下去。咦?也没什么怪味嘛。看到大家都惊呆了,亨利倒有点儿小自豪呢。

"他真的吃了。"比苏斯费了老大劲终于挤了进来,手里还拿着那朵栀子花。那花因为被攥得时间太长,而且动不动就被拿起来闻,都变黄了。

亨利不紧不慢,又吃了一口,屏住气息,咽了下去。"嗯……比学校发的盒饭好吃多了。"他认为小排骨会更喜欢吃这种狗粮,而不是学校的盒饭。

这下能让他们忘记得奖的事了吧?亨利心想。现在趁大家还没反应过来,要赶紧走,不然又要拿得奖说事了。

"这是免费送你的。"卖狗粮的人递给亨利一罐狗粮,"这是你应得的。"

"嘿,帅哥,狗粮好吃吗?"斯库特问道。

亨利心想:你爱说什么就说什么吧,我才不理你呢。不过这狗粮算是白吃了,这些家伙还是忘不了得奖的事。

"斯库特,别拿亨利寻开心了,"比苏斯说,"你就是嫉妒,你什么奖都没得。"

"对,你是嫉妒。"亨利说,不过他的语气有点儿战战兢兢。

"真是笑话,我嫉妒亨利?"斯库特说。

"亨利,赢了这些奖券你高兴吗?"比苏斯的眼睛在放光,似乎是有了好主意。

亨利诧异地看着她,她是不是疯了?

"我要是有这些美容体验券就好了,值五十美元呢。"比苏斯羡慕地说。

亨利心想:哎,真拿这些女孩没办法,什么都不懂!看来她是认真的,女孩子可稀罕这些体验券了,真是不一样。为什么不让比苏斯中奖呢?我真

是倒霉透了。

"亨利，我在家里攒了一美元五美分，"比苏斯说，"你把那张波浪发型的体验券卖给我吧。我知道做一个波浪发型很贵，但是我只有那么多钱。"

怎么处理这些体验券，亨利还没认真想过。如果比苏斯不说的话，亨利本想就近找个垃圾桶把它们给扔了。也许他可以把做头发的体验券卖给比苏斯。至少，比苏斯是个通情达理的女孩，还是她主动提出来要买的。再说了，所有的钱都在拍卖会上花光了，送上门的一美元五美分，不要白不要。

"当然，卖给你。"亨利说。他心里高兴极了，这是笔划算的买卖。

"谢谢你，亨利。"比苏斯感激地说，"有了这张体验券，我就可以做个发型去参加游行了。为了游行破一次例，我觉得妈妈是不会反对的。"

这时，亨利看见爸爸妈妈和斯库特的妈妈正隔着人群朝他这边张望呢。

"亨利，比苏斯，快过来，我们要走了，"爸爸喊道，"亨利，你妈妈想和你商量一下体验券的事。"

"没错，亨利。"妈妈说，"我想要一张永久波浪发型的体验券。我给你十美元，你可以放在你的'买车小金库'里。那可不是一笔小钱，对吧？"

"哇，妈妈，你真的会给我十美元？"亨利顿时高兴起来，事情也没想象的那么糟呀。

斯库特的妈妈接着说："我现在不需要发型体验券，不过一个多月以后我就用得着了。我也给你十美元，另外一张永久波浪发型体验券得给我留着。"她说着就打开钱包，拿出了十美元。

"这……这……"亨利高兴得都说不出话了。

"嘿，妈妈！"斯库特却不高兴了。

"怎么了，斯库特？"他妈妈问道，"我帮助亨利，你不乐意吗？"

"呃……这个嘛，"斯库特说，"我当然乐

意了。"

亨利心想：哇！这简直太棒了。我有二十一美元五美分了，大人不会拿他寻开心的。现在得想想怎么把余下的体验券都卖出去。

正在这时，妈妈说："一回家，我就给你外婆打个电话。我敢肯定，她会很乐意从你这买下几张体验券的。"

"他多里斯姨妈呢？"爸爸问。

"没错。我还会给桥牌俱乐部里的姑娘们打电话。"妈妈说。她总是把俱乐部里的朋友称为"桥牌俱乐部里的姑娘们"。

亨利简直不敢相信，都不用去考虑怎么把体验券卖出去了，这运气也太好了吧。就在几分钟之前，他还在后悔赢了这些奖券呢，要不是比苏斯说要买一张券，他就把这些"宝贝"给扔了。

"要是我赢了这些奖券就好了。"罗伯特说，"你真是太走运了。"

"谁说不是呢？"亨利说。真有意思，现在没

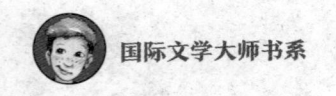

人取笑他了。

"我们走吧。"爸爸说,"再不走,比苏斯的妈妈会以为我们把比苏斯弄丢了呢。"

亨利走出市场的时候还听见有人在嘀咕:"快看,那个就是吃狗粮的男孩。"

在回家的路上,爸爸对亨利说:"你的'买车小金库'这么快就有钱了,你都没想到吧,小帅哥?"

"啊,爸爸,别拿我开玩笑了。"亨利用拳头打了爸爸几下。

回到家,妈妈给好多人打了电话,他们都要买亨利的奖券。到星期六下午,所有的券都有人买了,只剩那张假睫毛的体验券始终没人要。

"妈妈。"亨利说,"'买车小金库'差不多有五十美元了,我想买的那辆车要五十九美元九十五美分,还差一点点就够了呢!"

"你看好要哪辆车了吗?"爸爸问。

"当然,爸爸,我早看好了。那辆车简直漂亮

极了。"

哈金斯先生笑了笑说:"这样的话,我想十美元不是什么问题,我帮你出了。"

"天哪!这是真的吗?天哪!妈妈,什么时候能把卖奖券的钱收齐呢?"亨利多一天都不想等。那辆车仿佛就在他面前,一伸手就可以摸到车把,一眨眼就能看见转动的轱辘上亮光闪闪的新辐条。

爸爸说:"我下个星期把钱给你,怎么样?"

"可以吗,爸爸?"亨利急切地问道,"那可是不少钱呢。"

哈金斯先生摸了摸亨利的头:"逗你玩儿呢。戴上你那顶丹尼尔·布恩牌的帽子,我现在就开车带你去车行。今天你就能把新车骑回家了。"

"哦,天哪!天哪!"亨利高兴得都有点儿语无伦次了。他拔腿跑进自己的房间,抓起自己的浣熊皮小帽就出了门。爸爸开车载着亨利和小排骨来到玫瑰城车行。

亨利一下车就直奔那辆自行车。红色的赛车架

国际文学大师书系

和固定前灯，绝不可能认错。"我就要这辆。"亨利说道。

"是这辆吗？你没认错吧？"爸爸问道。

"没错，就是这辆。"亨利当然不会认错。别忘了，在过去的两个星期里，亨利只要一有机会就会来看看这辆车，就算要绕很远的路他也愿意。亨利一直抓着车不肯放手。爸爸付了钱，卖车人把发票和保修卡给了爸爸。

"好了，儿子，现在车是你的了。"爸爸说道。

"哇！"亨利推着自己的自行车出了车行。终于有自己的车了！亨利把车架摸了个遍，仔细感受了一下皮车座，真柔软啊！他打开前灯，又按了按铃，然后把帽子上浣熊尾巴解下来拴在车把上。真是太完美了！

亨利冲爸爸笑着说："拜拜，爸爸。咱们回家见。"他一抬腿，坐上车座，脚一蹬，车动了起来，稳稳当当的，一点儿也不晃。小排骨在一旁跟着向前跑，爸爸在后面微笑着向他挥了挥手：

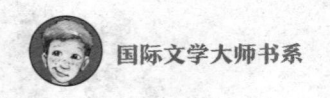

"去吧。"

亨利拐到了克利基塔特街,特意经过斯库特家。他看见斯库特正坐在他家前门的台阶上叠报纸呢,亨利按了按铃。他等这一刻已经很久了。

"嗨,斯库特。"他潇洒地打了个招呼,然后双脚用力一蹬,只见辐条在阳光下闪闪发光,浣熊尾巴在微风中轻轻飘扬。